Bartwuchs ist für Katholiken

Sebastian Stille

Ich widme dieses Buch jedem, der sich darin namentlich sowie inhaltlich wiederfindet und ganz besonders mir selber.

Sebastian Stille

Der Hamburger Stadtmeister im Poetry Slam 2017 schreibt Texte und Geschichten, die sich zwischen autobiographischen Fehlschlägen und unnützen Ratschlägen an die Zuhörerschaft bewegen. Der Slam Poet ignoriert mit Bühnenauftritten seit nunmehr drei Jahren erfolgreich sein Studium und schreibt meist das, was ihm als Erstes einfällt. Das Ergebnis ist zumeist komplette Verwirrung und stets ein Hauch von Mitgefühl. Und außerdem hat er seinen Pressetext selber geschrieben, was zeigt, dass er wenige Freunde hat, schade für mich.

Impressum

Bibliografische Information der Deutschen Nationalbibliothek:
Die Deutsche Nationalbibliothek verzeichnet diese Publikation in
der Deutschen Nationalbibliografie; detaillierte bibliografische Daten
sind im Internet über http://dnb.dnb.de abrufbar.

© *2018 Sebastian Stille*

Illustration: **Sebastian Stille**
weitere Mitwirkende: **Jever, Astra und ganz besonders Carlsberg**
Herstellung und Verlag: BoD – Books on Demand, Norderstedt

ISBN: 978-3-752-83305-8

BÜHNENTEXTE 7

KURZGESCHICHTEN 66

Bühnentexte

Bei Tinder nach Payback-Karten fragen

Ich bin jetzt in dem Alter, wo Single-Dasein nicht mehr gesellschaftlich akzeptiert wird. Alle sagen, du musst dringend einen Partner finden, um genauso rasch eine Doppelhaushälfte zu zeugen. Und dazu werden dir hunderte Hilfsmittel zur Verfügung gestellt:

Tinder! Lovoo! Elitepartner! Parship! Und für die ganz verrückten: Sprich jemanden an! Oder bestell dir was bei ZahlfüreinenManndo.de. Hauptsache, du findest endlich einen Partner, das kann ja so nicht weitergehen. Und dann siehst du irgendeinen scheißereichen 12 Jährigen Youtuber, der seinen Lebensalltag damit verdient Reden von Obama so aneinander zu schneiden, dass es klingt als würde er ein Katy-Perry-Song singen, aber er singt ihn eigentlich nicht – Atomlol!

Und dazwischen dudeln noch irgendwelche Kack-Rapper durch die Walachei. Ich bin der festen Überzeugung, die Pandas sterben absichtlich aus, weil sie Angst haben, mit Cro verwechselt zu werden.

Immer wenn du dir sagst, du hast ja noch Zeit, gibt es dieses eine Pärchen im Freundeskreis, das schon seit sie 16 waren zusammen ist. Und dir das auch noch richtig in deinem Singledasein unter die Nase reiben. An Betreffende: Fickt euch!

Und im Stress wischt du dir die Finger auf Tinder wund,
hast für deine Freunde kein' Migrations- sondern einen Singlehintergrund,
spürst die Blicke und das allgemeine Mitleid der Vergebenen ringsherum,
„Ich versteh das nicht er ist ne 5 von 10 und auch eigentlich ansonsten recht gesund",
generell läuft's bei dir eckig und eher minder rund,
und ab Mitte 20 hast du auf jeden Fall einen unterdrückten Kinderwunsch.

Alles will dich verkuppeln und es scheint immer irgendeiner deiner Freunde einen Partner zu haben, dessen Freundin auch hoffnungslos Single ist. Was automatisch heißt, dass ihr GANZ. TOLL. ZUSAMMENPASST! Und dann versichern sie dir, dass Glück das einzige auf der Welt ist, was sich verdoppelt, wenn man es teilt. Haha, Ja. Und Aids.

Alle, die behaupten, Alkohol sei keine Lösung, haben das Problem nicht verstanden. Und du merkst selber immer mehr, Verlieben ist nur die kribbelige Aufregung über die Frage: Na, wie verkacke ich das diesmal?

Und immer kommt irgendjemand um die Ecke, der im heillosen Optimismus erzählt, dass Frauen eigentlich ja nur mit Arschlöchern zusammen sein wollen. Das ist gelogen! Manche von ihnen wollen einfach mit gar keinem zusammen sein! Weil sie ja vor zwei Jahren mal eine dreimonatige Beziehung hatten, in der er *zuuuu* sehr geklammert und jetzt einfach ein bisschen Unabhängigkeit brauchen. Leck mich! Wenn ein Brot verschimmelt ist, dann werf ich's weg und kaufe mir ein neues. Aber ich sitz nicht monatelang trauernd neben dem Mülleimer! Nein, neues Brot, fett Nutella drauf. Und zwar ohne Butter, damit die Nutella richtig trieft und es heißt DIE Nutella und wer jetzt ankommt mit aber es ist auch das Nuss-Nougat, JA DAS IST EIN ANDERES WORT, DU GEISTIGES BAUGERÜST! Es heißt auch *der* G-Punkt und deswegen nicht automatisch *der* Vagina!

Und dann mag man mal wen, dann passt das aber nicht, weil dies und das und alles ergibt kein' Sinn, und man denkt sich: Warum? Und dann kommt Julia Engelmann um die Ecke und sagt: „Weil Lieeebe keinen Sinn ergibt, sondern einfach da ist" Ok, schön. Halt dein Maul. Läuft bei mir. In Tränen. Und dann hängt man wieder 24/7 sinnfrei am Handy und hibbelt sich einen ab: Schreiben, Löschen, Schreiben, Löschen und am Ende schreibt man nur:
„Hahaha *Zwinkersmiley*"

Hier sind mindestens 3 Leute im Raum, die eine Stiefmutter haben, die auch ihre kleinere Schwester sein könnte. Und ihr denkt „Ohhh, aber nur wegen des Geldes und ihr liegt richtig, aber DAS ist wahre Liebe. DAS ist Liebe, die sich wenigstens lohnt. Aber bei mir Ottonormalotto bleibt am Ende nur ein 12-Euro-Gutschein von RyanAir, weil ich den Flug nach Sizilien wieder stornieren musste. Und ich weiß immer noch nicht, ob die Scheiße jetzt Italien oder Frankreich ist. Ich hoffe Italien, denn ich hasse die Franzosen, „Oaaah schaut uns an, unserer Präsident sieht so gut aus, da ist es scheißegal dass wir zu 40% Nazis sind und alle kein Englisch können und wir àben so schöne Strände Peugeot Parfait Excusemoi!"

Ja, ich weiß, dass ihr schöne Strände habt, mein Großvater hat mir davon erzählt!

Gut, hier ist erfahrungsgemäß so eine Grenze erreicht, wenden wir uns lieber wieder der Liebe zu.

Andauernd kriegt man von Julias und Julians wieder die perfekte Beziehung vorgelebt; diese Paare, die nicht mal den Anstand haben, unterschiedlich zu heißen!

Oh, du bist immer noch Single, das tut mir aber Leid, Findest schon noch die richtige, aber zum Berufseinstieg wird's dann langsam mal Zeit.
Bist ja eigentlich schon ein ganz Netter, also ich würde mit dir ausgehen bei Gelegenheit,
Achso, jetzt wo du fragst, war das eher so theoretisch gemeint.
Und dann fragst du Julia, warum sie so heißt, wie ihr Freund,
Woraufhin sie dich verbessert,
Ihr Name ende ja auf **a** und das ist weiblich, so wie übrigens in Nutella.
Man erwartet von dir, dass du deine Ansprüche runtereichst, du bist die unästhetische Single-Randlücke im Freundeskreis.

Du tust es gar nicht, aber alle denken, du würdest generell den Sinn von Paaren hinterfragen.
Du hast dich nie so gefühlt, aber alle denken, du seist ihr drittes Rad am Wagen.

„Ach, da hat sich jemand einfach noch nicht richtig ausgetobt."
Nein, wie auch, dafür braucht man Sex! Und ich bin doch gar nicht mal uncool, mein Mitbewohner kriegt mit 23 jede Woche von seiner Mutter die schmutzige Wäsche abgeholt. Was für ein Kind. Ich bringe die selber bei Mama vorbei!

Dann spielt man weiter mit dir Real-Life-Tinder, juhu.
„Guck mal, die wär doch was für dich,
Oh, die hat Augen, na die dann eher nicht."
Die Frau von der Kasse am Supermarkt,
eine Cousine im hundertsten Grad
dieses Mädchen, das nur Julia gern mag,
mit der hast du nichts gemeinsam, aber ihr wärt zumindest ein Paar.
... Und du bist sicher nicht schwul?
Single sein muss man dir austreiben, immer mehr auf und hinter deinem Rücken,
aber zu deinem Glück, kann man den Kinderwunsch ja unterdrücken.

Der Weltraum. Unendliche Weiten. Ein schweigender Tenor
und sehr wenig Menschen.
Die Erde. Unendliche Scheiße. Hier leben ebenjene, die alle
Teilnehmer des Bachelors von RTL kenn'.

Backpacking zwischen Jakarta, krassem Jazz und Partnerschaf-
tenstress,
Die Würfel sind gefallen, alea verkackta est.

Möchtest du was Festes oder eher so was Leichtes,
außer Würfeln will ich eigentlich nichts fallen lassen,
ich kam, sah und verneinte.

Wir können eine Avocado schneiden und nennen uns deshalb
michelinprämierter Starkoch,
du nennst dich Influencer, ich nenn's nervtötendes Arschloch.

Wir sind so weit rumgekommen, haben schlauste Szenarien für
die Zukunft zusammengemausert,
Aber es ist keine Weltanschauung, wenn man die Welt nur aus
Australien und Bochum angeschaut hat.

Dinge steigen uns zu Kopf oder liegen direkt zu Füßen,
und weil wir uns im Mittelmaß treffen, sagen wir, wir würden
das Leben mit offenen Armen begrüßen.

Euer Glas ist immer halb voll! Ja! Aber halb. Ich sag doch auch nicht voller Stolz, dass ich meiner Freundin einen halben Orgasmus beschert habe.

In Wahrheit fürchten wir uns vor der Zukunft, ein lebenslanges Gefängnis alias Bausparvertrag, leben nach dem Motto – Kinder si nd wie Lego: Fertig steht's im Weg, aber das Bauen macht Spaß.

Und trotz unserer selbsternannten Weisheit, schalten wir wie Kinder panisch vor Fremdscham den Fernseher ab, weil sich zwei Menschen küssen und anfangen, ihre Hände an Orte zu tun, dass jedem Priester vor Schreck das Kerzenwachs vom Messdiener fällt! Und auch heute kann ich nicht mit anschauen, wie Marvin aus Mitten im Leben ankündigt mit seiner Frau *Jetzt mal die Konfronffaffion zu suchen!*

Und dann gucke ich ′ne Hitlerdoku, weil Hitler mir weniger peinlich ist als Marvin.

Kennt ihr das, wenn es einen Moment unangenehm wird, weil jemand etwas sagt, worüber man nicht witzeln sollte? „Das war nicht die Schuld von Max und Moritz, sondern die von Witwe Bolte!"

Doch gleichzeitig sind wir die, die sich freiwillig in den Lebenslauf schreiben, dass wir für Bento gearbeitet haben. Bento, die menschgewordene Buchstabenverschwendung.

„Heeey, wenn du deinen Adblocker nicht ausschaltest, muss dieses niedliche Kätzchen dran glauben!"
Von mir aus ballert das Vieh über den Haufen, ihr Avocado-Begatter!

Könnt ja einen Artikel mit 42 Gründen darüber schreiben, wie Waffen die Sexualität von Teenies beeinflussen.
Uns ist eben doch nicht alles peinlich, wir sind ja auch die, die Ängste ernstnehmen sollen, die Ängste derer, die sagen dass Zigeuner mit ihren Smartphones den Rentnern die Arbeitsplätze wegnehmen. Genau! Opa wollte nämlich eigentlich „Hit the Road Jack" in der S-Bahn spielen. Schade! Wenn das Ängste sind, sollten wir den Alliierten sehr dankbar sein, dass sie die Ängste der Nazis sechs Jahre lang ernstgenommen haben.

Wir verschließen uns durch gelebte Weltoffenheit und der Ungerechtigkeiten lautestes Betrauern,
Aber wenn ich behaupte, Ich sei kritikfähig ist das mein *Niemand hat die Absicht eine Mauer zu erbauen.*

Das Leben lässt keinen Raum für Bildung, Wie XY heute an seiner Garderobe zeigt, führt man als Künstler nicht mal ein Leben, das finanziell Raum für Geschmack lässt.

Doch in dubio pro Reo, ich bin stolz, auf das was ich hab, Ich hätte dieses Semester fast eine Klausur geschrieben, beeindruckend, dass ich in meinem BUSY LIFE (Netflix) für die Abmeldung immerhin noch die Zeit fand.

Fakten sind postpraktisch; Für die richtige Perspektive reicht schließlich manchmal der Blick auf eine Leinwand.

Unsere Quellen sind Postillon und, hier hab ich mal gehört, hier das sagen die auf der Demo.

Die erhobene Faut verzichtet für die Umwelt auf alles Künstliche, aber wenn ich mal so rieche; in dubio pro Deo.

Wir schreiben
Nachdenkliche Sprüche bei Instagram,
machen Witze über Beziehungen, denn die sind ja irgendwie Kinderkram,
„Ich bin ja so unabhängig!"
Quinoa aus Chile, aber zur Uni ausschließlich mit dem Rad hinfahr'n,
zitieren Game Of Thrones, aber ignorieren wie mit uns auch im echten Leben der Winter kam,
haben Angst vor Schüttelfrost mit Ebola und Rinderwahn,
doch nehm' die erstbeste E im Bunker von Wildfremden an,
Nachts um 2:00 Currywurst für einen Euro, aber im Gehirn vegan,
unsere Weisheit hängt direkt der Leere unserer Stirnhöhlen an,
haben immer Recht, von Obrigkeit bis Hinterland,
denn keiner rebelliert dem Widerstand!

Trinken uns mit aus Schwäche gebrautem Lager Craft Beer zum Hirntod,
Bist du Atheist heiligt keiner deinem Zweck die Mittel, Arche, naht dir die Sinnflut.

Wir können uns leichter vergessen, als wir uns an gestern Nacht erinnern können. Wer morgens noch Visionen hat, sollte mal wieder zum Arzt gehen.

Andere sind das Volk, doch wir glauben längst nicht mehr an Danton's Tod. Wir starten laut vermutend bevor wir leise denken, auf die Plätze, cogito, ergo, los.

Aber vielleicht ist es nicht immer peinlich, manchmal vor Ignoranz zu strah'ln und an anderer Hand den Teufel an die Wand zu mal'n.

Denn wenn ein Glas halb voll ist und das andere halb leer, haben wir uns beide um eine Seite bemüht,
dann treffen wir uns in der Mitte, denn physikalisch gesehen ist das Glas eh nicht halb voll oder leer, sondern halb gefüllt.

Mein Leben ist wie der Seitenspiegel des Toyotas, vor dem ich eben geparkt habe - Abgefahren.

Manchmal fahre ich mit der S-Bahn bis zur Endstation, nur um zu sehen, welche Art Menschen ernsthaft an einer Endstation wohn'. Wenn ich mir Leute anschaue, die in Pinneberg aussteigen, dann wundere ich mich, wie viele unterschiedlich heruntergekommene Gestalten an einem Ort leben können. Doch eigentlich sehen sie alle gleich aus, eigentlich sehen sie alle aus wie Deutschlehrer.

Deutschlehrer können machen was sie wollen, sie sehen immer aus wie Deutschlehrer. Sie haben immer den Blick eines Professors, der sie nie sein werden und erinnern an einen kleinen Bruder, der nicht mit den Spielsachen des großen Bruders spielen darf, aber wenn der Große mal weg ist, mit dessen Spielsachen vor den Freunden angibt.

Ich werde nie verstehen, warum Leute Lehrer werden - nach der Schule kommt die große weite Welt und nur, wenn man mit der großen weiten Welt nix anfangen kann, bleibt man halt in der Schule. Und dann erklärt man Kindern eine ganze Oberstufe lang, dass rhetorische Stilmittel der Oberbumm sind, aber irgendwann merken auch die, dass man ein Bewerbungsgespräch nicht rockt, weil man sagen kann: „Ohhhhooo, da ist ein Oxymoron!"

Also fahre ich weiter den ganzen Tag über S-Bahn, hier muss man nicht mit Leuten reden, außer dass man gelegentlich von

17

älteren Leuten angesprochen wird, dass mein Computer so komisch leuchtet, und mit Computer meinen sie Handy - und mit Handy meine ich Iphone, denn Iphonebesitzer fühlen sich auch im Jahre 2018 noch besonders, auch wenn das Ding inzwischen so groß ist wie ein Brotschneidebrett. Das nächste Iphone heißt dann auch konsequenterweise Iphone DIN A 4.

Aber ich bin immer freundlich zu den Omas in der Hoffnung, dass mich eine mal einer ihrer Enkelinnen vorstellen will, ich habe festgestellt, dass Frauen in der Bahn leider nicht gerne angesprochen werden, was auch daran liegen könnte, dass ich sie anspreche, wie ich Frauen halt anspreche... Nicht. Sondern sie erstmal 2 Stunden verwegen anglotze, da ich aber grundsätzlich alles an ihr einmal anschaue, schau ich dabei leider auch meist 20% der Zeit auf ihre Brüste - was zumeist genau die Momente sind, in denen die Mädchen zurückschauen.

Ich weiß nicht wie, aber ich glaub, manche Frauen haben ein eingebautes Radar, das ihnen sagt, wenn ihnen so'n Typ wie ich auf die Brüste schaut. Manche haben ja auch ein Radar, das ihnen sagt, „Oh, er ist immer nett zu mir und bemüht sich um mich. Ich glaube er ist einfach ein toller Kumpel, ich lass' lieber den Typen ran, der mir so romantisch aus seinem getunten Golf hinterhergehupt hat."

Und ich sitze genau deswegen alleine in der Bahn und schnacke alte Omas an, weil ich der Typ bin, der halt ein toller Kumpel ist, aber tja. Würden heute immer noch die Eltern die Männer ihrer Töchter aussuchen, wäre das genau mein Zeital-

ter, aber solange sie selber eine Wahl haben, komme ich meist
nicht an sie ran.

Mit meiner Ex Freundin war es dasselbe, und sie meinte irgendwann nur so „Du... Wir müssen reden."
Und ich so: „Nö."

Dabei dachte ich, es wäre mehr als eine Liebelei,
bei der wir zu zweit,
in Liebe vereint,
im verliebten Fieber schrei'n,
tollen am Strand entlang,
im Sonnenuntergang,
vor Liebestrunkenheit,
im lilagepunkteten Sommerkleid – und sie hätte ja auch eins
tragen können, die sind schön luftig.

Also fahre ich heute alleine Bahn, schaue aus dem Fenster und
sehe an bunt geschmückten teuren Balustraden,
geschmiegt an rundverzierten Häuserstuckfassaden,
verschieden bedruckte Fahnen,

mit den wesensgleichen Phrasen,
die mich im Wesentlichen plagen,
bin ich auf den Wegen zwischen Barockprunktstück und
Schrebergarten,
hin und zurück, an all den zähen Tagen,
umgeben von hundert verschied'nen Lebensfragen,
die mich in allen Redensarten,

nach meinen Problemen fragen,
aber nirgends eine Antwort für mich stehen haben.

Also sitz ich weiter alleine in der Bahn und schaue mir die komischen Menschen in Pinneberg an. Und jetzt mal ohne Flachs, die sehen teilweise echt nicht mehr ganz gesund aus. Und dann sind da immer die, die in der Bahn essen. „Och. Ich such ich mir heut mal ein geschlossenen Raum mit möglichst vielen Leuten, um meinen Döner mit extra viel Zwiebel und Tzatziki zu essen - das scheint mir eine gute Idee." Und dann stinken sie alles mit ihrem Döner voll oder ihrem Falafel oder einfach ihrem Gestank und letztens packt da einer seinen Flammkuchen aus. Nicht nur, dass Flammkuchen sowas wie die FDP-Wähler unter den Pizzas sind, aber warum isst man das, weil's kalorienärmer ist? Wenn ich was mit Käse überbacke, dann bitte auch richtig.

Ich sehe mich um und stelle fest, dass wir in einer Zeit leben, in denen Menschen Hosen kaufen, die extra vorher kaputt gemacht wurden, damit es cooler aussieht. Einer Zeit in der Männer einen Smart fahren, bei denen das Aussteigen aussieht wie ein qualvoller Geburtsvorgang. Einer Zeit, in der man Menschen erklären muss, dass *fiktiv* ausgedachte Vorgänge bezeichnet und nicht die Aufforderung zu tiefergehender sexueller Penetration. Und eine Zeit, in der Jugendliche freiwillig Schöfferhöfer-Grapefruit trinken. Da ist so wenig Alkohol drin, in Russland zählt das nichtmal als Flüssigkeit.

Und dann sagt mir eine Oma, sie sei Deutschlehrerin gewesen, was ich schon längst an ihrem Blick erkannt hab, aber trotzdem überrascht tue. Aber ich sei leider nix für ihre Enkelin, weil ich mich zu onomatopoetisch ausdrücke. Menno.

Ok, ich hab' zwar die blauen Häkchen bei Whatsapp nur dei-
netwegen ausgestellt und auch die Letzte-Mal-Online-
Funktion, aber ich bin mir sicher, du hast inzwischen gelesen,
was ich dir geschrieben habe. Wahrscheinlich willst du einfach
meine Existenz ignorieren, was in Anbetracht meiner 37 (von
dir unbeantworteten) Nachrichten irgendwie verständlich ist.
Aber es *ist* halt auch eine wichtige Frage, was man mit den
gemeinsam auf dem Festival gekauften Jute-Beuteln jetzt machen soll, denn es sind ja schliesslich drei und die kann man
nicht einfach durch zwei teilen.

Und die Tatsache, dass wir uns vor sechs Stunden erst getrennt
haben, sollte kein Hindernis für betont erwachsenen Umgang
miteinander sein.

Deshalb beginne ich auch die 38. Nachricht mit der Formulie-
rung:
„Liebe Linda, bezugnehmend auf die vorangegangen angespro-
chene Problematik wäre ich zwecks baldiger Klärung über eine
Antwort deinerseits sehr dankbar. MfG"

Und ich schreibe MfG und nicht LG, da ich betonen möchte,
dass hier keine Liebe mehr im Spiel ist!

Und merke leider erst danach, dass ich jede Nachricht bisher
mit der Anrede „Liebe Linda" begonnen habe. Ich schreibe

noch eine 39. Nachricht, nur um sie mit „Sehr geehrte Linda"
beginnen zu können.

Es ist inzwischen auch 3 Uhr nachts und ich bin ganz entspannt, die Umdekorierung des Zimmers war mehr so 'ne
grundlegende Sache, die eh schon lange getan werden musste,
aber ich bin ganz entspannt,

nehm' die Teller von dir und schmeiß sie smooth an die
Wand,

während ich durchdreh', fallen auch die Tassen langsam aus
dem Schrank,

ich heb' die Fenster aus dem Rahmen und stell' dein' Stoffbä-
ren an den Rand,

Suizidgefahr bei Plüschtieren bleibt viel zu häufig unerkannt,

und nach dem Selbstmord deines Teddys hab' ich ihn noch
mal zusätzlich verbrannt.

Dass ich dafür noch extra vier Stockwerke runtergegangen bin,
scheint ein bisschen wie Wahnsinn zu wirken, aber ich habe
mich schliesslich komplett im Griff, denn eigentlich habe ich
ja Schluss gemacht, zumindest werde ich das all meinen
Freunden erzählen, damit sie mich nicht zu sehr mit Mitleid
überhäufen und nicht denken, dass ich die Trennung *nicht*
gewonnen hab.

Und das alles denke ich, während ich um den brennenden
Teddy auf der Straße tanze, denn das kann ich jetzt wieder, du
wärst beim Weggehen ja immer eifersüchtig gewesen und wolltest mit mir immer auf'm Sofa Ryan-Gosling-Filme gucken.
Wobei ich immer Angst hatte, dass du merkst, dass Ryan Gos-

ling der Schwachpunkt meiner Heterosexualität ist. Also eigentlich mochten wir ihn beide und ohnehin saß ich an diesen Abenden auch gerne mit dir aufm Sofa, Okay, ich will dich zurück.

Ein paar Nachbarn schauen aus den Fenstern, um sich über den Lärm zu beschweren, aber im Angesicht meines dezenten Funkelns in den Augen ziehen sie sich zu ihrer eigenen Sicherheit in die Wohnungen zurück, zumindest wünsche ich mir das zu Denken, aber ich habe leider die Oma von gegenüber sagen hören: „Ach das ist nur der Stille, den hat schon wieder eine abgeschossen." Ja, Renate ich habe dich gehört und ja, du hast Recht.

Und, liebe Linda, ich weiß gar nicht, warum ich jetzt wütend bin, denn eigentlich hast du mich doch auch immer wütend gemacht, wenn du vor'm Essen gesagt hast „Sorry, ich muss das kurz noch auf Insta stellen" und ich dann warten musste, bis du den richtigen Foto-Filter gefunden hattest und dann trotzdem unter das Bild #nofilter geschrieben hast – Das ist Betrug!
Woraufhin du dich geärgert hast, dass ich unser Generation um Jahrzehnte hinterherhinke und der wahrscheinlich einzige bin, der auf die Frage des Telekom-Manns, ob wir versucht haben, das Gerät aus- und wieder anzuschalten, sagt „Oh ja Gute Idee, das hilft ja vielleicht!"
Aber das ist ok, denn Chia sind für mich halt keine Samen sondern Bretter, auf denen man die Alpen runterfährt.

Und mal ehrlich, du hast dauernd mit deinen Freundinnen bei uns Bachelorette geguckt und das immer gerechtfertigt „Hiiijaaaa, also ich schaue das ja voll ironisch und so und mache mich so über die lustig", wo ich nur denke: *Nein!* Man schaut Dinge nicht ironisch. Man holt sich ja auch nicht ironisch einen runter, nur weil man einen schlechten tschechischen Porno guckt.

Früher habe ich mir Mühe gegeben, alles perfekt für dich zu machen und irgendwann aufgegeben. Spiegelei, Omelett, ist bei mir heute alles Rührei.

Und Ich will dich gar nicht zurück, denn schliesslich kennst du nur einen grammatikarlischen Fall, den Definitiv
das Beisammenbleiben war nur ein Geist, den ich rief,
du sagtest immer der Haussegen hängt wie ich singe – schief,
und das, während du, mit dem Haudegen versteckt, unter'm Kopfkissen schliefst.

Zwei Jahre – hast du mir nicht einen Moment Zeit gegeben, um die Zeit mit dir zu zweit und nicht allein zu erleben.

Du bist weg aus meinen Betten und wir stecken nicht mehr unter unser'n Decken, in denen ich mich in den Ecken vor dem Wecken auf die netten Facetten beschränkt hab',
um mich dabei vor den Flecken zu verstecken, die Strecken und Recken weder e verdecken noch entdrecken könn', sodass du dich mit Säcken und Päcken gerettet und die Ketten der Gewohnheit gesprengt hast.

Zum Glück hab ich dir all das hier gerade in der 40. Whatsapp-Nachricht nochmal aufgeschrieben.

Und es wäre echt nett, wenn du das mit den Jute-Beuteln mal beantwortest.

MfG.

Mama sagt, ich sei etwas Besonderes.

Ich stehe in einem geschlossenen kleinen Raum mit zwei Fenstern.

Suche wänderingend,

mit den Händen winkend,

nach einem Weg nach draußen.

Aus einem Fenster schallt heiter Musik,

die leise versiegt, wenn man ihr zu genau zuhört und aus dem anderen Fenster hör ich Stimmen, die rufen:

„Sei einfach nur du!"

„...Aber nicht zu sehr!"

Was genauso ist, wie Menschen in der Gala zu sagen, sie sollen sich akzeptieren, wie sie sind, aber eine Seite später eine Rettich-Möhren-Diät zu erklären. Guck dir die Menschen doch mal an, die alle so einzigartig sind. Doch gehen sie alle den gleichen Weg, bräuchten dringend mal eine Hermine, die ihnen Wutschen und Wedeln richtig erklärt und jedes dritte Facebook-Profilbild ist ein Vorstadtmädchen mit 'nem Koala aufm Arm. Weil sie ja ein Jahr in Australien war, um mal so richtig zu sich zu finden. Beziehungsweise irgendeinen holländischen Surfer in sie finden zu lassen.

Und bei mir im Kurs sitzen nur Mädchen, die in der Klausur „bestimmt ne Vier haben", aber dann eigentlich doch ne eins, Klassiker, die alle Lisa-Marie heißen, Lisa Marie, du bist so eine Streberin, du lernst selbst für einen Schwangerschaftstest drei Wochen!

Und ich wundere mich trotzdem, dass ich keine Leute kennenlerne, aber Romantik ist für mich eben eher ein Baustil und weil's bei mir mit den Frauen nicht läuft, halte ich inzwischen einfach nach erfolgreichen älteren Frauen Ausschau, um meine Sugarmommy-Möglichkeiten zu sondieren!

Ich finde nichts Besonderes an mir, wenn das Besondere sich gar nicht die Mühe macht, mich zu finden. Und alle ja in Thailand mit dem Tauchen nach Spongebob beschäftigt sind und ich alleine in meinem Raum zurückbleibe. Weeeer wohnt in der Ananas ganz tief im Meer?

Mein Sexleben.

Wäre ich ein Computerspiel, wäre ich eine dauerhafte Beta Version. Und den haben jetzt nur Leute mit Brille verstanden. Und ich meine die mit echten Brillen und nicht die mit einer modischen Fensterglas Version, Leute, ich setze mich doch auch nicht aus modischen Gründen in einen Rollstuhl. Aber schlechte Augen sind es auch nicht, was mich besonders macht. Oder mein Muttermal genau auf dem Bauchnabel. Das hab ich übrigens wirklich, wer es sehen will: Besichtigungen zwischen 18 Uhr und gar nicht, denn ich hab' ja kein Sexleben, wie wir schon geklärt haben.

Dann sitze ich mit meinem Freund Nick im Cafe, während er was Tiefgründiges über den kapitalistischen Konsumapparat referiert und zeigt, warum er so heißt, nämlich weil er, während er redet, die ganze Zeit nickt. Dann raucht er seinen E-Atem aus und die Schwaden ziehen durch seinen Nasenring, den man Septum nennt, was natürlich alles daran ändert, dass das Ding aussieht wie ein Ring, den man texanischen Bullen durch die Nase zieht.

Und ich rauche mit, denke an meine Mutter, die sich beschweren würde, dass meine Freunde immer „Ja zu MDMA" sagen und die weiß, dass es nichts Cooleres gibt als Eltern, die in Jugendsprache reden. „Na, wieder einen Yoloabend gehabt?" Eltern, die denken, dass Lol die Abkürzung für Lolli ist und fragen ob sie dir einen Lol vom Rossmann mitbringen sollen.

Die Servicedame kommt und beschwert sich, dass ich analog rauche und piepst:
„Drinnen rauchen ist aber falsch" – und ich piepse schlagfertig zurück:
„Deine Mutter ist falsch", woraufhin sie zu weinen anfängt. Stellt sich heraus, dass sie heute Morgen erfahren hat, dass sie adoptiert ist. Ups.

Und dann kriege ich eine SMS und erfahre, dass Lisa Marie durch ihren Schwangerschaftstest gefallen ist und ich kenne sie gut genug, um zu wissen, dass sie das wirklich ärgert. Und während sie aber ihr Leben im Griff hat, auch wenn ihr Freund maximal IKEA-Sofas zeugen kann, höre ich nur, wie

Detlef D Soost mir sagt, Imakeyousexy.com, aber während andere übelste Schränke sind, bin ich eher so der Typ Stehlampe. Aber hey, vielleicht versuche ich's dann mit Daniel Aminati, der mir anbietet, er maket mich krass.com Und dann böte sich mir ja immer wieder eine neue Gelegenheit im Leben, dieses oder das zu tun, dabei habe ich keine Ahnung, ich denke immer noch, dass böte der Konjunktiv von Boot ist und die Steigerung Schiff hat. Ich bin genau wie alle anderen und weiß nicht, warum mir eine Stimme sagen kann, dass ich was Besonderes sei.

Ich löffele den immerselben Einheitsbrei,
gebe mir selber einen Freifahrtsschein für Leichtfertigkeit,
den ich in meinem Scheindasein allein' unter allen verteil'.
An der Strandbar in Thailand will ich für billigen Schnaps zur Tresenkraft gelangen,
doch bin wie das Bier in Flaschen in Schemenhaft gefangen.
Und dann bekomme ich einen Cocktail in einer ausgehöhlten Ananas und denke „Es tut mir Leid, Pocahontas. Äh, Spongebob!"

Und in meinem Raum höre ich, wie die Musik lauter wird und die Stimmen verschwinden. Die Musik kenne ich von irgendwoher, wie jeder sie wahrscheinlich kennt, weil er sie mal gehört hat, aber gleichzeitig überhört. In fast allen anderen Sprachen bedeutet überhören, dass man eben etwas mitbekommt und nicht, dass es einem entgeht. Vielleicht brauch ich nicht hören, wie mir jemand sagt, ich sei besonders, vielleicht ist das Besondere, es eben nicht hören zu wollen oder denken zu müssen.

Fällst du drauf, fällst du auf, und dabei vielleicht rein. Doch fällst du darunter, fällst du nicht unbedingt runter sondern lediglich unter Fels und Schutter und musst nicht das hören, was du obenauf immer hörst, denn dort oben rattern Waffen in deinem Kopf und es knallen die Patronen der Zwangbesonderen um dich herum, ohne dass Hermine dir je erklärt hätte, wie man einen Patronus beschwört.

Unter dem Berg bist du vielleicht unter aller Kanone, doch denkst du obenauf, du seist frei?

Aber auch, wenn du jetzt besonders bist,
die Gedanken sind und bleiben dabei Blei.

Als ich deine Mutter kennengelernt habe, hattest du Angst, dass wir uns zu gut verstehen und gegen dich verbünden würden. Dann mit deiner Mutter drüber gesprochen, fanden wir beide ein bisschen lächerlich. Ich kann allerdings verstehen, dass die Gespräche über unser Sexualleben vielleicht etwas unangemessen waren. Aber wie du wissen solltest, ich muss an Input nehmen, was ich kriegen kann! Pornos lehren unseren 15-Jährigen Ichs einerseits, dass man sich bestenfalls wie ein Presslufthammer verhalten sollte, und andererseits, dass man dabei gut klinge. Dem ist nicht so.

Ich habe das bei dir nie gemerkt, denn ich bin ein Mann, und denken und die verzweifelte Konzentration, irgendwie einen erogenen Punkt zu finden, vertragen sich eher so mitti.

Wenn du dich abends der Länge nach beschwert hast, wie anstrengend dein Tag war, wusste ich: „Jut, Basti, bist Künstler und Student – das ist sowas wie die Fusion aus Beruhigungstee und Kiffen"

Und wir hatten auch gesagt, wir streiten uns nie; und das Ergebnis ist auch da – man streitet. Viel. Vor seinen Freunden erzählt man immer „Also *wiiir* streiten uns nicht, wir diskutieren nur!" Haha. Klar.

Du hast mir immer gesagt, ich würde alles persönlich nehmen, was ich echt persönlich genommen habe. Du seist nicht wütend, du seist einfach nur enttäuscht. Und ich würde dich nicht ernst nehmen, was du mit dieser niedlichen piepsigen Stimme gesagt hast und dann schläft man wieder wütend ein und schaut alle Nase lang weg. Oder wie du's gesagt hast: „Oh, okay, wir sind wieder beleidigt, dann ist Trübsal übrigens auch das einzige, was heute noch geblasen wird."

Und du regst dich auf, wenn ich wieder mal nicht zelten gehen will, und sagst: „Ohhh, kann der feine Herr da nicht in Ruhe seine Restdurft verrichten? Ich bin Sebastian Stille und ich kotze euch pure Bourgeoisie in die Fresse!"
Da denk ich mir nur: Ja! Bourgeoisie! Jedes Mal wenn sich ein Student am Ende des Monats Nudeln mit Pesto kauft, fällt mir vor Lachen ein Porsche in den Kaviar.

Man gibt sich über Whatsapp noch ein bisschen an allem die Schuld. Ich vollkommen zu Recht, denn es war ja deine.

Man sagt sich, man sei so stur, aber irgendwie will das auch wieder keiner einsehen, ok, vielleicht diskutieren wir auch gerade nicht mehr, sondern streiten eher... DOCH, ICH DISKUTIERE SO LAUT WIE ICH WILL!

Wenn ich dich heute böse angucken wollte, dann müsste ich dich vorher zur Seite drehen, aber das macht irgendwie komplett den mimischen Sinn des bösen Blicks zunichte, genauso gut könnte man in einem Porno auch einfach die Regieanweisungen einspielen:

„Jaaaa genau, Augen zuu, Kopf nach hinten, richtig sooo, das ist super Meta!" Das größte Problem von Pornoregisseuren ist, dass ihre Metaebenen nicht verstanden werden.

Und irgendwie lag bei uns alles unbequem und irgendwie hast du angefangen zu schnarchen und ich glaube, du machst das mit Absicht. Du bist der Beweis, dass die Inquisition damals auch Hexen übersehen hat.

'Tschuldigung. Ich vergesse mich.

Aus deiner Pespektive sieht es natürlich ganz anders aus, du sagst ich bin faul, aber ich komme in ein Alter, wo ich sagen kann, komm du mal in mein Alter und mein Verständnis für dich sei so existent wie funktionierendes WLAN im ICE. Nicht. Und irgendwie sagst du mir nur noch „Ich bin nicht enttäuscht. Ich bin einfach nur wütend."

Im Profil sehen wir noch aus wie immer, aber wer klickt schon weiter als hinter das erste Bild. Alles, was wir einander sagen, ist nicht mehr greifbar, obwohl die Hände Zentimeter nebeneinander liegen.

Auch der Neujahrskuss unter Freunden war mehr wie der verzweifelte Versuch meiner Eltern damals, mein siebenjähriges Ich davon zu überzeugen, dass ALLLLES gut war und wir weiter in ewigem Ideal-Kartoffelismus leben würden.
Und dann ist der „Duuuuuu wir müssen mal reden"-Moment da.

Der ist beschissen, weil man weiß, der ist da, aber wie sagt man das, ohne dass der eigentliche Inhalt des Gesprächs eh schon erledigt ist. Am Ende muss man sich dann, wenn man sich trifft, noch so richtig awkwardly küssen, obwohl es gerade nicht passt. Und wie macht man dann weiter. Eigentlich reicht *Du, wir müssen reden* ja schon zum Schluss machen aus, aber man kann doch nicht sagen, wenn man sich dann sieht: „Ja gut, ich hab den Universalcode benutzt, du weißt ja, was jetzt kommt."

Man verliert sich auf 1,40 m aus den Augen.

Wir waren nicht mehr auf einer Wellenbreite, du versteckt auf deiner Bettenseite, verwechseltest leichterweise die besten Zeiten mit den schlechten Seiten und jetzt find ich unser Bett in der Stellenanzeige. In der BILD! Alter, echt?

Kälte entweicht unter der Decke leider, denken beide, dass wir noch mit ander'n Betten teil'n, 200 x 14000, liegen jetzt beide in der Länge wie Breite, spüren das dämmernde, kalte, zänkische Es-reicht, bis es aus und vorbei ist.

Und dann hab ich unser altes Bett von dir gekauft. Anonym. Über die BILD. Unter dem Namen „Dirk". Wie kann man sich nur, wenn man selber die Wahl hat, Dirk nennen.

Jetzt lieg ich immer noch auf einer anderen Zeit
Alleine, Lang und breit,
und ob du wirklich richtig liegst,
spürst du manchmal erst, nachdem das Licht ausgeht.

„Ja hallo, herzlich willkommen zur Wettervorhersage für die armen Säue. Mein Name ist Frosch und ich weiß von nichts, für morgen zieht nach einem sonnigen Moment ein Arschgeigengewitter vom mittleren Norden auf, aber hey, ein kurzes Strahlen der Sonne ist vielleicht auch zu erwarten und bringt uns allen einen Moment der Erleuchtung – da sag ich doch Party Smartey, Hoi Hoi Hoi! Na, wie sie sehen können, ist die Wolkenfront echt gewaltig, keine Ahnung wieso. Ich bin auch nur wegen meiner Krawatten aus'm Micky-Maus-Heft eingestellt worden, *möp möp*, ich spritz' mir gleich noch Ahoi Brause in die Venen und danach schließ' ich mich wieder im Requisitenkeller von RTL ein - Das war's mal wieder mit meinen zwei Minuten Aufmerksamkeit und, um nicht wie die Kondome unter eurem Lattenrost in Vergessenheit zu geraten, habe ich einen coolen Spruch am Ende meines meteorologischen Tourettes und sage *Yolo Yolo Chimchimini Swag Swag* und Machen Sie's gut."

Wieder ein Tag, auf den du dich nicht wirklich freuen kannst. Du hast keinen Appetit, außer auf Schokolade, so als hätte der Körper, egal wie schlecht es ihm geht, immer Bock fett zu werden. – Beach body am Arsch. Du willst aber cool sein, kaufst diese gekrempelten Hosen, die nur dazu da sind, um Knöchel zu zeigen, obwohl Knöchel die Vorstufe von Fuß sind und du Füße einfach eklig findest.

Du willst dieses Fahrrad, das alle haben, aber wenn du deine Eltern fragst, kommt wieder dieser Satz. „Wenn Albert von einer Klippe springen würde, springst du dann auch hinterher?"
Wenn scheiß Albert mit dem verkackten neuen Fahrrad runterspringt – Vielleicht!

Albert ist der Coole und wenn du's mit dem Namen schaffst, cool zu sein, hast du es dir irgendwie echt verdient. Warum schaffst du das nicht? Jeden Tag grüßt dich der Mann mit der hässlichen Krawatte, fuchtelt mit der Hand vor der Sonne oder wie Leute, die nicht aus Hamburg kommen, die Sonne nennen: „Wolken".

„Aber du darfst die Dinge nicht immer so verkopft sehen, hier zehn Life Hacks zum emotionalen Erfolg!" Und dann ist einer dieser zehn Schritte eine Artischocken-Diät, die deswegen eine Diät ist, weil man von einer Artischocke nach dem Vorbereitungsprozess maximal 1% essen kann.

Meine Oma hat immer gesagt, wenn du gesund bleiben willst, iss ein Mettbrötchen am Tag. Und sie ist 95 geworden. Das ist dann sozusagen ein Life Hack. Aber was bringt dir ein langes Leben später, wenn es jetzt so... naja. Da ist.

Hörst du im Gewitter Symphonien ohrenbetäubender ächtender Violinen,
die anderen singen dir in einheitlichen Orchester-Melodien,
eine Kakophonie ihrer napoleonkomplexer Fantasien,

stehen im Kreis, während sie sich Kämme durch den wohlgeleckten Scheitel zieh'n.

Warum sehen die alle aus, als hätten sie zwei BWL-Doktoranten gezeugt? Und sich dabei nicht einmal Mühe gegeben!

Es hagelt. Einen Wortfluss an ellenlangen Verleumdungen, der ins Uferlose geht,

Verloren ist, wem die Quelle an Beleidigungen schon beim ersten „Hurensohn" versiegt.

Es steigt dir zu Kopf, weil du nicht in deinen Gedanken versinken kannst,

von den Zehen bis zum Schopf verlierst du deinen von den anderen bestimmten Stand,

Fanfaren geleiten deinen schanderingenden Tanz,

und vom Geburtstag, zu dem nur deine Zwillingsschwester gekommen ist, hängen noch letzte Girlanden an der Wand.

„Heute kann es regnen, stürmen oder schneien, du bist gerad' Mal 13 und trinkst ohne Freunde die dritte Flasche Wein."

Und zu dieser Musik kaust du alleine an der Tröte.

Arschgeigen fideln den Halt's-Maul-Trommeln den hämmernden ohrenzerkrachenden Takt,

Flachpfeifen echoen im Carpaltunnel, weil du die Hände in den Hosentaschen verkrampfst.

Vielleicht hättest du Albert im Deutschunterricht nicht drei Mal korrigieren sollen, aber es heißt halt nicht „zumindestens".

Und irgendwann schießt du zurück. Der beste Weg in der Schule beliebt zu werden, ist sich mit den Sitzenbleibern anzufreunden. Und du lachst nicht mehr leise über Albert, sondern spielst die erste Geige so laut wie er. Machst dich lustig über die FDP-Kinder. FDP.– F steht für Freunde, die was unternehmen und zwar das Unternehmen von Papa. Was kannst du eigentlich im Leben, fällt dir auf dass du im Gegensatz zu deinem Bruder keine Visa Gold von Papa hast, Na, da hat dich wohl jemand nicht so lieb. FDP – Das P steht für Partei. Das kein Witz, sondern einfach ein Fakt.

Du lernst, was es heißt einen Beach Body zu haben, du brauchst nämlich einen Body und mit dem kannst du zum Beach gehen. So viel vom Leben verstanden, dass du anderen dein Selbstbewusstsein unter die Nase halten kannst, du bist nicht du, wenn du mutig wirst. Du bist im Klassenkampf nun auf der Seite der Klasse und nicht des Kampfes, fragst selber diesen einen Jungen, ob es seine Jeans auch für Männer gibt und die beiden aus der Parallelklasse, *wer denn die Frau bei euch in der Beziehung ist?*

Obwohl du weißt - Gar keiner, denn das ist wohl der Gag am Schwulsein.

Und du merkst, wie die Anderen allen egal sind, wie du auch lange allen egal warst. Lehrer und Eltern haben immer nur grammweise von den Tonnen an Ballast fremden Leidens gehört, sagen, bisschen necken, so sei das bei Kindern, doch wo beginnt der Unterschied zwischen teils sonnig und teilweise bewölkt?

Sie ignorieren den Klassenkampf lieber, und machen mit Klasse und Kämpfern stattan fünf Jahre wichtigere Dinge - wie z.b. *griechische Mythologie*, die sich folgendermaßen zusammenfassen lässt: Zeus hat etwas gesehen, da seinen Dödel reingesteckt und dann gab's Stress.

Von selber gibst du irgendwann auf, darüber nachzudenken, wie du am besten positiv auffällst, und dein Innerstes bis zum Äußersten zur Schau stellst.

Und lernst, Dreckig sein ist in ein Paar Jahren nicht weit entfernt davon wie Dreck zu sein.

Es reinigt deinen Magen für abstrakte kurze aber schnell vergehende Momente, doch verschmutzt den Charakter bis an das Lebensende.

Absicht ist der Weg zur Besserung

Du guckst auf dein Handy. Zum siebten Mal innerhalb der letzten drei Male. Du bist etwas irritiert, denn sie könnte ja mal zurückschreiben. Und deswegen wird deine Stimmung auch langsam richtig scheiße und du schaust aus dem Fenster und siehst, wie die Nachbarin ihren Hund wieder an die Hyazinthen kacken lässt. Du weißt nichtmal sicher, ob es Hyazinthen sind, aber das ist ein Wort, dass so einen wunderbar cholerischen Nachhall in deinem Kopf hat – Hyazinthen. Und es klingt nunmal anders als *Osterglocken*.

Umsicht ist der Weg zur guten Nachbarschaft, aber du hast die Schnauze voll von dem ganzen „Tschuldiguuuung, könnt ihr bitte bisschen leiser kopuliereeen, ich hör das immer." Nein – du haust auf den Tisch. Blöderweise stehst du aber am Fenster und haust die Scheibe kaputt. Und der Hund wird durch den Knall erschreckt und kackt deshalb direkt nochmal.

Du schaust auf dein Handy. Eigentlich war die Stimmung gut und du hattest jetzt auch nicht unbedingt ein beschissenes Gefühl, aber sie antwortet halt nicht. Es wird etwas luftig, aber du lässt die Scherben da, wo sie sind, falls der Hund vielleicht wieder kommt.

Und dann kommt der Hund wieder. Und muss offensichtlich schon wieder kacken. Du willst dem Frauchen sagen, Aufsicht ist der Weg zur guten Nachbarschaft. Aber natürlich klingelst du nur und sagst „Tschuldiguuung könnt ihr euren Hund bitte ein bisschen weniger an die Osterglocken scheißen lassen?"

Und sie korrigiert dich „Sie meinen vor dem Haus? Das sind Hyazinthen."
Oh, Entschuldigung, sagst du und am Ende hast nur du dich entschuldigt und dein Handy hast du auch nur für drei Male aus den Augen verloren. Natürlich hat sie nicht zurückgeschrieben. Aber Einsicht
in deine Wohnung hat nun jeder, denn das Fenster hat sich nicht von selber repariert, dein Zimmer räumt sich nicht von selber auf, und der Geruch der Hyazinthen weht gemischt mit dem Dung vom Nachbarsköter herein, den sie übrigens Doktor Wuff genannt haben. Wow. Bravo.

Du fegst die Scherben zusammen, bist froh, dass deine Arme eine Beschäftigung haben,
du lebst gefährlich, in der Hand, trägst du das Handy, das auf die Nachricht zu deiner Bestätigung wartet,
bist dir allgemein auch unsicher, warum in der Whatsapp-Lerngruppe so wenig los ist,
bist trotz des Fernstudiums einfach Teil des Ganzen und siehst die Welt im ewigen Rotstich,
lohnt sich's, da mal nachzufragen, ob die Jungs dich morgen noch mit einplanen?
Eigentlich wart ihr ja schon gestern verabredet und du hast zum dritten Mal in sieben Malen gesagt, dass du Zeit hast.
Reicht das, oder solltest du einfach nochmal fragen?
Du fragst nochmal nach.

Und Jan sagt, er hat doch keine Zeit und dann sagt Nico, Tschuldiguuung, ich hab ganz vergessen, ich hatte doch genau dann was vor, und du selber kaust dir am Ohr, dass das ja mal sein könnte, könnte man ja schon was vorgehabt haben, an dir kann's ja nicht liegen, hattest dich aber schon drauf gefreut.

Die Aussicht auf dem Weg war der Weg zur Besserung,
traust dich zwar nicht zu verstehen, dass der Steg zwischen Hyazinth und Hund
nur da ist, solange der Hund ihr nicht ans Bein pinkelt.

Oder wie auch immer man das durch die Blume nennt, frag doch deine Nachbarin, die ist ja anscheinend Botanikerin.

Und du hängst gerade eh nur am Handy, was dich wieder daran erinnert, dass sie dir auch nicht zurückschreibt. Weil dir kalt ist, drehst du die Heizung voll auf. Bei buchstäblich offenem Fenster. Und ruinierst damit vermutlich alle angrenzenden Biotope.

Mit Absicht auf dem Weg zur Äscherung,
es dreht sich in dir manchmal der Magen um,
aber nach wie vor stellst du dich währenddessen dumm, denn „Pfff Quatsch, Ach neee" ist dein Weg zur Besserung.

Wenn's an dir liegt, muss man dir doch einfach nur sagen aufzustehen oder reicht's vielleicht einfach auf dich zuzugehen? Möglich.

Aber was, wenn du inzwischen so egal geworden bist, dass sich keiner mehr die Mühe machen möchte, für dich aufzustehen und zu dir hinzugehen? Lieber verdrehen sie auch die Tatsachen, sagen: „Man lebt sich halt auseinander, naja, es passt halt nicht, da muss man gar nicht groß drüber reden. Überlegen wir noch einen Moment länger, schlagen wir mit dem Thema voll über die Stränge."

Und das alles bereden sie in ihrer anderen Lerngruppe, die, in der täglich noch Bilder von Jodel-Screenshots reingestellt werden, weil die meisten aus der Gruppe offiziell kein Jodel haben, weil das ihnen ja zu kindisch ist, aber in Wirklichkeit haben sie 17 Millionen Karma. Und du warst übrigens auch einer von denen.

Und als du zum siebten Mal des letzten Mals auf dein Handy schaust, bessert sich auch deine Stimmung, denn du siehst, wie die Heizung bei zersprungenem Fenster,
das Biotop auf der Straße verändert,
ein leichtes und dunkles Gewitter schlendernd,
durch die Luft wogt und vorm Fassadengeländer,
den kleinen Hund Doktor Wuff weg von den lilarot farbenden Rändern,
der feinen und von dir in Schutz genommenen dungtoten Pflanzen entschändet.

Und du genießt die Aussicht auf den Weg der Besserung,
beschließt mit Absicht, dass Veränderung,
irgendwo in Umsicht beginnen muss,

und vielleicht muss das bei dir sein, unter Aufsicht auf das, was dein Gefühl dir sagt. Denn manchmal liegt's vielleicht an dir, dass es nicht an dir liegt.

„Hallo, Ich bin deine gute Fee, was wünschst du dir?"

„Drei Wünsche?"

„Jetzt werd mal nicht gierig, einer muss reichen."

Ok. Was wünsche ich mir.

Erfolg! Meine Eltern fragen mich immer, wann ich denn mein Studium beende. Und ich kann nur sagen: „Teile dieser Anwort würden die Elternschaft verunsichern." Ich gammele nur auf Technopartys rum, obwohl Techno eigentlich keine Musik ist sondern... Techno, und man immer Angst haben muss, dass das Gewummer einen Elbtsunami zur Folge hat. Wären die Holländer häufiger auf deutschen Technopartys, hätten sie die Deiche auf der anderen Seite gebaut. Und die Leute an der Uni – Das Wort, was man nie richtig schreibt: „Kommilitonen" – reden zudem alle, als seien sie als Kind schon mit Armani-Anzügen gewickelt worden.

„Du studierst an der Staatlichen? Och. Studienkredit? Ahohoho."

Und dann bewerten sie dich und sagen: „Mit deinem Studium kann man nur Taxi fahren."
Sagt mir jemand, der mit seinem Studium nicht mal genug Geld verdienen könnte, um überhaupt nen Führerschein ei-

genständig zu machen, du Müll – und ich antworte: „Was? Ich sprech leider kein Arrogant!"

Wenn du nicht gut genug bist, gibt's ja zum Glück noch Privatunis, wo man sich das Abi nachträglich hochkaufen kann. Es studieren Leute, bei denen man sich fragt, ob sie als Kind mit Scheuermilch gestillt wurden. Unsere nächste Generation Englischlehrer ist ein Haufen Jonathans und Lisa-Maries, die auf Work and Travel waren und unsere Kinder sprechen später alle *English with australian accent, mate.*

Und trotzdem werden sie die Besten sein, denn Kinder haben grundsätzlich alle ADHS und sind hochbegabt!

Ich mache Poetry Slam und ja, Mama, damit kann man Geld verdienen... wenn man nebenher arbeiten geht.

Aber auch ich bin schlau, ich bin spitze,
ganz genau, ich kenn' mein Wissen.
Alter, ich bin ne krasse Sau, hab' nur Gedankenstau,
bin immer noch hammerschlau, ich wird' steiler gehen,
Muss jeden Streit gewinn', besteh' alles - kein Ding,
im besten Leichtsinn, versuch' ich's mir einzureden
Lächerlich, Ich stresse mich weg,
war wieder ein Prof der hier seine Messer wetzt,
ich trau' mich kaum raus, bin in meinen Büchern versteckt,
meine Fresse, ich hätte gerne mal wieder Sex.
Der Prof will Analyse vom Mann,
doch ich laber' Plattitüden, bin dran, kurz darauf,

liegen meine Zettel neben der Toilette, hätte gern bestanden, doch hätte, hätte, Fahrradkette,

Ohohooo. Ich hübsches Ding...

Und meine Mutter so: *Sebastian Stille wurde aus der Familiengruppe enterbt.*

Also, wenn man sich das Wünschen kann, dann ja: Erfolg. Wobei.

Liebe. Vielleicht Liebe. Wollen sie alle. Aber jedes Mal wenn ich zu einer gehe, die sagt, sie wolle Liebe, sagt sie „Nein, nicht von dir, du bist hässlich."

Alle sagen immer, das Leben sei kein Ponyhof, ja toll, warum matche ich auf Tinder trotzdem immer die Pferdemädchen?! Und dann sitzt mir das nächste Mädchen mit Nasenring gegenüber und versichert mir, kein Hipster zu sein, obwohl ich genau weiß, dass sie an ihrem roten Hollandrad einen Getränkehalter hat, der genau auf die Form einer Club-Mate Flasche zugeschnitten ist.
Und dann sagen sie alle immer „Oh mein Gott, wir sind so verrückt!", aber Leute, die „Oh mein Gott, wir sind so verrückt" sagen, finden es meist schon aufregend, wenn sie mal fettarme Butter anstatt normaler kaufen.

Als mir mein 8-Jähriger Neffe von seiner ersten Freundin erzählt hat, habe ich gefragt, ob er sie sehr lieb habe und er meinte: „Es geht, aber sie ist erstmal ok."
Der Junge kann Beziehungen 2018 besser als ich.

Heutzutage liegt Schönheit nicht mehr im Auge des Betrachters sondern in der Wahl des richtigen Fotofilters. Das Leben gibt dir keine Zitronen mehr sondern direkt Limonade. Fair Trade, Bio und hufgequetscht von japanischen Kobe Rindern. Wenn ich mal Menschen anspreche, dann meist so: „Hi ich bin Basti und ich kann wie Donald Duck fluchen, guck mal Quackquackquackquack"
Also ja, Liebe muss ich mir anscheinend doch eher wünschen, sonst bin ich der erste Mann, der als Katzenfrau endet.

Aber, vielleicht wünsche ich mir noch mehr, ein guter Mensch zu sein!
Wir wollen doch alle gute Menschen sein, niemanden verurteilen, außer er hat nicht die Meinung, die man bitte haben soll, denn dann interessieren wir uns erst für ihn, um ihn zu bekehren. Und wenn ich dann auf meiner Technoparty alleine zum Raucherraum gehe, wo ich die Raucher treffe, also, alle (...), dann sage ich dem FDP-Fatzke mit einem Analplug in Porscheform, dass es ja Erfolg heiße und nicht Sie-Folg, was alles über unsere Gesellschaft aussagt. Er glaubt tatsächlich, ich meinte das ernst, aber er fliegt auch mit seinem Vater alle paar Tage nach Rimimimi, weil die armen Reichen immer mehr Steuern zahlen sollen.

Ich bin bestimmt ein viel besserer Mensch. Finde ich. Obwohl ich sage, vegan sein ist das einzig richtig, aber fast nie vegan esse und finde, dass die meisten veganen Gerichte schmecken, als würde man an einem Komposthaufen lecken.

„Wofür kämpfen wir hier eigentlich?"
„Keine Ahnung, aber Hauptsache kämpfen – STEINE WER WILL FRISCHE STEINE?!"

Also, gute Fee, danke dass du dich den weiten Weg hergetinkerbellt hast.

Aber ich brauch' keine Start-Up Crew, denn ich hasse Arbeit, keinen Maßanzug, bin besser die nackte Wahrheit, Wünsche sind lächerlich, ihr mästet euch fett.
Heul nicht rum, wenn die Realität an dein' Wünschen verreckt,
denn das Glück kommt schon im richtigen Moment,,
bin glücklich wunschlos, denn Liebe, Glück und Erfolg misst sich nicht in Prozent.

Wenn du dir Liebe wünscht, komm damit klar, dass es höllisch anstrengend ist.
Wenn du dir Erfolg wünscht, komm damit klar, dass andere ihn haben.
Wenn du atmest, komm damit klar, dass du praktisch Baumschweiß inhalierst.

Emotionen. Emotionen sind... Die hat man. Weil Dinge passieren und dann hat man darauf eine Errektion. Erotion. Zum Beispiel: Verlieben. Verlieben ist das Gefühl zu wissen, bald vorgeworfen zu kriegen, dass man zu wenige Gefühle habe.

Und ich weiß nicht, was du hast, ich finde es nun mal nicht romantisch, dass wir 72% beim Partnerschaftsübereinstimmungstest haben. Mein Körper hat zu 77% eine Übereinstimmung mit Wasser. Da ist die Überlegung, dass ich besser mit Wasser zusammen passe, mathematisch absolut begründet.

Und sobald du wieder anfängst, dieses Ding mit deiner Stimme zu machen... hier. Schreien. Dann versteh ich nicht, warum die Aufforderung *Beruhig dich doch einfach* stets das Gegenteil zur Folge hat.

Und wenn mir jemand seinen neugeborenen Zuchtklumpen Fleisch hinhält und sagt: „Guck maaal, ist der nicht süüüß?", dann ist die Antwort nun mal: Nein. Das ist ein hässlicher nackter Klumpen, der ebenfalls zu 77% mit Wasser übereinstimmt. Wasser lebt polygam. Aber wer fragt, muss doch auch mal mit dem Produkt der Antwort rechnen. Das tue ich doch auch. Deshalb frage ich dich inzwischen immer, ob du sauer bist. Und wenn du dann sagst: „Ne, ist schon gut", dann weiß ich immerhin; Ne, ist schon gut. Bin aber meist verwirrt, dass ich fünf Minuten später das Bedürfnis habe, die Frage zu wiederholen.

Du sagst immer, Magneten sollen sich anziehen aber, du sagst, ich bin irgendwie weder Plus noch Minus und dümple zwischen beiden Polen. Und da frag ich mich doch, von welchen Polen du redest? Woyzieck und Wladislaw?

Ich weiß, du wünscht dir gerne, mal einfach zurück angeschrien zu werden, anstatt dass ich die Dezibel-App heraushole und sage „Oh, guck mal, neuer Rekord", aber dass du dann auch noch das High-Five verweigerst, finde ich etwas demütigend.

Und sobald du dann weinen musst, weiß ich nicht, was ich sagen soll, und dann sage ich halt, dass du jetzt wohl nur noch zu 76 % aus Wasser bestehst, und dass ich jetzt mehr mit dem neugeborenen Klumpen gemeinsam habe als mit dir. Du hast dagegen allerdings objektiv Kontrolle über deinen Stuhl, was wiederum ein Plus für dich ist. Das ist also diese Liebe, von der alle immer reden!

Das Leben ist Physik,
Liebe eine seelenlose Maschinerie,
wenn du eingeschnappt bist,
versuch ich's nicht mit Sensibilität sondern dem Vorschlag zur Magnetresonanztherapie.
– schlechte Laune könnte ja auch ein Tumor sein.
Du wünschst dir Leidenschaft und Big Romance,
ich verweise auf die Infektionsgefahr von Peitschenstriemen.
Sollte ich jemals heiraten, wird der Eröffnungstanz der Robodance,
zu der Musik des taktvollen Klackerns von Schreibmaschinen.

Man kann sein gemeinsames Leben auch apathisch gestalten,
und ich finde es wird Zeit für den einen Satz:
Wir sollten die Beziehungsziele mal vertraglich festhalten.

Ich verstehe, dass ein Beziehungsmotor geölt werden muss,
aber bei aller Liebe, das klingt wie eine eindeutige Sexmetapher.
Und ich weiß, dass ich deine Probleme nicht unbedingt besser
mache,
wenn ich sage, ich kenne dich nicht wie meine Westentasche,
weil ich da nur alte Kaugummis drin habe und ungerne von
Resten nasche.

Das war jetzt übrigens ein romantisches Kompliment, das hast
du nur nicht verstanden...

Vielleicht weil es nicht romantisch war.
Und auch nicht wirklich ein Kompliment.
Aber es hat sich immerhin gereimt, das ist praktisch fünf vor
Liebesgedicht.

Unsere Zahnräder greifen ineinander ist der symbolische Satz
für „Ich, du, wir, das ist doch... okay",
Personalfehler sind doch am Ende der Grund für Schaden, also
warum analog lieben, es geht doch auch maschinell?

Liebe braucht nämlich keine Arbeitsplätze. Liebe ist kein
Raum für SPD-Wahlkampf!

Gut, du weinst immer noch, das ist eine natürliche Reaktion darauf, wenn Leute von der SPD reden, aber ich glaube, du hörst mir nicht zu. Ich mache Komplimente. Zahnräder. Zahnräder sind die roten Rosen der Rationalität. Und im Gegensatz zu roten Rosen haben sie einen Zweck, es sagt doch alles über Gefühle aus, wenn man sie mit roten Rosen vermittelt, die nichts können außer pieksen und sterben. Das können auch Seeigel! Oder Nägel, die im Gegensatz zu Rosen nicht mal sterben!

Und warum können Gefühle nicht einfach ablaufen wie ein Uhrwerk,
vorangehen bis sie ablaufen und überholt werden müssen,
gelegentlich schreit man sie heraus in alkoholischen Exzessen,
denn wenn du trinkst hast du irgendwie noch mehr Bock mich anzuschreien, Achso ne, du trinkst ja nicht, das war ja ich. Bier ist letztenendes auch nur ein Gefühl!

Liebe ist ein gärender Prozess,
in dem man sich irgendwann einigt,
dass man sich gemeinsam Orientierungspunkte setzt.

Das ist bei mir im Wesentlichen der tiefe Wunsch, nicht erschossen zu werden und dass der Richter am Ende sagt. „Wie hieß das Opfer? Ach, der Stille? Gut, Notwehr!"

Vielleicht wirkt es manchmal so, als würde ich nicht an die Liebe glauben,
aber Gefühle sind eine Maschine mit Nieten und Schrauben,

und es gibt kein Endprodukt und damit auch für die große tiefgehende Liebe keinen Zeitdruck,

Trotzdem wäre es schon gut, gäbe es auch hierfür ne funktionierende Bedienungsanleitung.

Ja, doch, du sagst, du bist dir sicher, dass das ein Caspar David Friedrich ist. Du legst den Kopf noch ein bisschen schief, um deine Expertise zu betonen, das hast du von Markus Lanz gelernt.

„Wusstest du, dass Friedrich in revolutionärer Weise für den Bruch zwischen Barock und Landschaftsmalerei verantwortlich ist? Nein? Ja, aber isso."

Obwohl du keine Ahnung von Kunst hast, aber du hast das vorhin bei Wikipedia gelesen. Mit deinem Allgemeinwissen könntest du nichtmal Hitler von Charlie Chaplin unterscheiden. Du hast früher schon lieber verstecken gespielt, und weißt auch warum, denn der Bettler an der Straße hält immer dieses Schild hoch, auf dem steht: „Habe bei Reise nach Jersualem verloren."

Du bist ein ganzes Farbspektrum
voller Ideale,
Radebrechst und,
malst die Welt nach allen Zahlen.
Sie fragt, was du so machst, in dir Rembrandt der Barney Stinson,
sagst du malst und verdienst so dein Manét, ja, ist ungewönhlich, kann sie ja nicht wissen
du hast ja Cash in der *Bänk*, sie fragt, hast du einen Künstlernamen?

Nenn mich El Angelo. Du bist wie Galileo Geililei, und hast immer die exklusive Story parat und warst sowieso der erste.

Gibst dich aus, als „du warst schon immer so",
redest von hätte, wie wär's wenn,
findest, du bist irgendwie Leonardo DiCaprio,
in Catch me if you can.

Dort bist du Anwalt, hier bist du mal Arzt,
musst den Eindruck retten mit gleich welchem Mittel,
was du wirklich bist, egal,
dein Look sagt, der Zweck heiligt den Kittel.

Und sie hat das mit ihrem Glauben ausgemacht,
morgens haust du ab,
besser den Spaß in der Hand,
als die Haube auf dem Dach.

Wenn der Himmel als Sternennacht gemalt ist, kann man nicht aus allen Wolken fallen,
morgens interessiert's auch nicht mehr so, was war, warum den Silberstreifen gold bemalen.

Du zeichnest dir lieber dein Leben aus, mit Feder, Form und Farbenkiel,
weißt nicht, wie genau, denn Picasso ist für dich nur ein schwarzes *A* beim Kartenspiel,
Kreuzt im Karoviertel die Herzen mit vielen coolen Parolen und denkst „Ha, in dein Gesicht",

Wir sind alle Individuen – aber du findest, du nicht.

Du bist immer dreimal anderser als die anderen, die nicht die anderen sind, denn das bist du ja schon.

Du bist ein Wolf im schwarzen Schafspelz,
wie ein Gemälde von VanGogh, weil eben jedes einzelne aus dem Rahmen fällt,
versteckst dich je wie sich die Lage stellt, hinter Hammer-Sichel-Fahne oder Stahlhelm,
du bist kein Hund, der beißt, aber der wie ein Schaf bellt, du hältst dich fern von der Brandung, denn du bist eher so der Typ Glasfels.

Alles, was du bist, ist irgendwie wie Socken.
Du passt immer zu dem, was gerade an Gegenstück da ist.

Wenn du mal völlig von der Rolle bist,
hast du immer noch eine zweite zur Hand.
verstrickst dir dein Leben, weil deine Kleidung aus hätte werden Wolle ist,
und hast immer die passenden Teile im Schrank.

Doch Gott sei's gedankt, du bist ein Wolf im falschen Pelz in einer Herde voller falscher Schafe, die Schafskostüme von H&M kennst du doch, hier ist irgendwie kein einziges Schaf – Ok, ihr seid ein Rudel.
Kein einziges echtes Schaf, die sind alle irgendwo anders und du weißt auch nicht so genau, was du von dieser Tiermetapher

jetzt halten sollst, denn Poetry Slam ist ja irgendwie Hipster und du willst ja eigentlich genau das nicht sein.

Du bist völlig aus den Socken, aber die passen ja eh nicht zueinander,
nimmst eine deiner Rollen, vergisst auf halber Strecke des Gehwegs dein Gewand.

„Ehem, Entschuldigen Sie, dass ich so progressiv frage, aber kann es sein, dass Sie auch kein Schaf sind. Nein? Scheiße. Finden Sie übrigens auch, dass diese Tiermetaphern langsam zu Meta werden?"

Nein! Du verlässt das Rudel nicht, obwohl du so gerne nicht Teil des Ganzen wärst.
Bist ein... Pudelgesicht und das ergibt gar keinen Sinn, aber es reimt sich halt, und wir sind beim Poetry Slam, das muss so!

Wir sind alle Individuen, aber du nicht. Du schwimmst mit dem Strom, bis er irgendwann als Welle gegen die Deiche bricht,
und da sind schon irgendwelche anderen Dinger auf den Deichen; Ah. Da sind die Schafe.

Du magst keine Klischees, aber bedienst dich ständig jedes einzelnen, das du im Schrank finden kannst

Läufst dann wie Leo in Catch me if you can weg,
bis dich Tom Hanks kriegt,

was so gesehen okay ist,
da du definitv Fan bist.

1, 2, 3, 4, Eckstein.
Das Leben muss ein Act sein,
aber zum nächsten Stelldichein,
versuchst du auch mal echt zu sein.

Und vielleicht stimmt es ja doch,
und du machst dir einen Reim darauf. Vincent Van Gogh.

Die Bedeutung von Buchstaben wird einem erst bewusst,
wenn man mit ihrer Hilfe einen Titel für ein ganzes Leben
schreiben muss.

Was bleibt am Ende über dich zu sagen,
im Licht eines unterbelichteten Rahmens,
in einem blutleeren Park, legt gelegentlich der,
wer dieses Wochenende die Besuchsehre hat,
schon beinah austrocknende Blumen auf die Erde deines
Grabs.

Und dann verweilen die Augen mit 50% Interesse kurz auf der
Inschrift, die anderen 50% sind schon bei dem Gedanken, dass
man auf dem Heimweg noch *kurz* bei Subway vorbeifahren
könnte, aber 50% für einen Moment,

auf der verblassenden Gravur,
eingelassen nur,
auf der massigen Statur,
eine steingebrannte Spur,

eine aus Liebe geschriebene Partitur,
die widrigen Lebensziele in A-Dur ,
formuliert mit Passión und astreinen Begriffen.
Möge sie mehr sein als andere Grabsteininschriften.

Nur... Was steht drauf?

„Ich finde, es sollte etwas sein, was er gerne gesagt hat!", sage ich.

„Gut, also irgendwas mit gegen Ausländer?", sagt meine Mutter

„*Das ist mein Scheiß-Parkplatz*, wäre auch eine Idee.", sagt meine Tante.

„Ich hab in meine Hose gekackert", sagt meine Cousine.

„Können wir ihn nicht doch einfach verbrennen?", sagt mein Vater.

Wie fasst man ein ganzes Leben in einem Satz zusammen?

Oder das, was danach noch übrig bleibt, denn eigentlich wär ich ja dran gewesen, mal wieder vorbeizufahren – wir wissen doch was auf Opas Spiel steht.

Ein unbesetzter Platz füllt sich nie wieder, das weiß man erst, wenn man ihn dann leer sieht.

Irgendwie weiß jeder von uns, *er* würde sich die norddeutsche Variante wünschen: „Jo. Macht et jut, das war's von mir."

Aber ist es pietätvoll, das so zu machen? Ist es nicht beschissen, dass man nicht fragen kann, aber man kann sich ja nicht seine eigene Grabinschrift im Voraus aussuchen, wie arrogant wäre das denn?

Das ist übrigens die richtige Gelegenheit zu sagen, was ich auf meinem Grabstein möchte. Bzw. was nicht! Wehe, ihr schreibt da rauf „Und am Ende war Stille"

Und dann der Gedanke, dass jemand ein Leben geführt hat, über das es wirklich etwas zu erzählen gibt, bei mir würde tatsächlich ein Satz reichen wie *Netflix und sehr wenig Chill.*

Du weißt, du kannst eh nicht alles verstehen, was im Leben des Anderen passiert ist, denn Opa,

der brauchte keinen Stoff und Schnaps,
sondern Grog und Lachs,
War immer der, der etwas im Alltag zu Lachen hatte
War immer dieser eine Senior, der es an der Kasse passend hatte.

War der Überzeugung, dass seine erfahrungssatten Synapsen niemals dement war'n,
und zudem war er so konservativ, sein Patronus wäre Jens Spahn.

Er war größer, als es ein Meter neunzig jemals zugelassen hätten.
Er konnte trotz seiner Nüchternheit niemals die trunkene Liebe für seine Heimatstadt verstecken.

Er war kein Vorbild, wie man es sich wünschte, denn seine Welt passte in Westentaschen,
doch selbst all seine Fehler waren ein Vorbild. Zum Bessermachen.

Er lebte keine Regel wie *Liebe deinen nächsten wie dich selbst,* weil er der Überzeugung war, dann müsste man allen umstehenden Männern einen runterholen. Wenn jemand ihm sagte, dass seine Enkelin jetzt 38 Monate alt war, dann bestand er darauf, das Alter gefälligst in Jahre zu erfahren. Und er pöbelte über alles, *was wollen Hummeln überhaupt von uns? Hallo, guckt mich an, ich bin ein dicke Biene und kann physikalisch eigentlich nicht fliegen. Fuck the system and Darwin!*

Und trotzdem kann man selbst in fünf Minuten nicht zusammenfassen, was das Leben für einen Satz erzählt, denn der Satz ist manchmal über 80 Jahre lang. Die Grabinschrift ist sowas wie die längste Instagramstory des Lebens und man sollte sie ernst nehmen.

Man sitzt im Kreis und kann sich nicht einigen, wer der Cousine die Windeln wechselt und als Jüngster ertappt man sich bei dem Gedanken, alles nochmal für andere machen zu müssen, irgendwann, wenn man viel mehr noch zu erzählen hat über euch und alles und die Welt.

Doch am Ende ist das Schöne, dass man sich beim Gedanken, ein ganzes Leben in einem Satz zusammenzufassen,
erinnert, an all die fast vergessenen Sachen,
die man gemeinsam erlebt hat, du noch weißt, wie Opa sich aufgeregt hat über die Jugendlichen, fahren in den Urlaub in die Bredouille aber Hauptsache Italien; die Jugendlichen mit ihren Ballerspielen, er habe schließlich noch an der frischen

Luft geballert. Das kann man nirgendwo guten Gewissens aufschreiben.

Und wir einigten uns, das, was wir über einander zu erzählen hatten,
verdient nicht die Aufmerksamkeit eines im Vorbeigehen gelesenen Satzes,
einzelne Zeilen erzählen keine Geschichte, sondern nur einen Lebenslauf.

Und darum wurde unseres Opas Pudels' Stein aus zweiter Hand gekauft und bleich stand darauf,
„Hans-Emil Stille – geliebte Mutter und Ehefrau."

Kurzgeschichten

Verbeliebig

Ich stehe in einer beliebigen Disko am Rand der Tanzfläche und schaue auf mein Handy. Dann fällt mir auf, dass es keine beliebige Disko ist, sondern dass ich schon wieder im verkackten *Shooters* stehe. „Jetzt hör mal auf, aufs Handy zu starren und geh mal ein bisschen ab!", ruft mir Cedric durch die Musik zu. Cedric gehört zu der Kategorie Diskogänger, die sich beim *Abgehen* durchgehend an einer leeren Flasche Bier festhalten und für die *Abgehen* folgerichtig aus diesem Schritt besteht: Schritt zur Seite. Pause. Schritt zur Seite. Und dasselbe von vorne.

Cedric ist auch einer dieser witzigen Typen, die sich E-Mail Adressen wie *Hotmail@Gmail.com* machen. Ich überlege mir noch ein Bier zu holen, stelle aber fest, dass mein Portemonnaie leer ist, da Cedric mit meinem Geld die Türsteher bestochen hat, um einerseits schneller reinzukommen und andererseits, Originalzitat: „Den Chicas zu suggerieren, dass ich voll rich aufm Konto bin."

Suggerieren und Chicas sind zwei Wörter, die sich paaren, wenn angehender Akademiker auf besoffenen Vorstadtassi trifft, was bei Cedric gerade sehr gut hinkommt. „Mit wem schreibs'n da überhaupt?" lallt er mir zu und dreht sein Bier um, das überraschenderweise bereits leer ist.

„Mit meiner Ex-Freundin", antworte ich. Er schaut mich mit einem Blick an, der einerseits nach überheblich verurteilendem Akademiker und dümmlich unverständlichen Vorstadtassi aussieht.

„Was machst du für'n Scheiß?", fragt er.

„Lass mich doch!", antworte ich erwachsen.

Cedric schüttelt den Kopf und „geht dann weiter ab". Ich weiß selber nicht, warum ich noch Kontakt zu meiner Ex-Freundin habe. Eigentlich rede ich mir ein, ich hab die Trennung schon lange überwunden. Dass ich mich selber ein wenig anlüge, kann man eigentlich schon daran erkennen, dass ich sie als „Walpurga die Berghexe" in meinem Handy eingespeichert hab. Ceddel geht sich noch ein Bier holen mit dem Geld, das ihm die Türsteher aus Mitleid zurückgegeben haben. Meinem Geld.

Ich schreibe meiner Ex-Freundin und kommentiere ihre vorige Antwort mit dem dümmsten, was man schreiben kann. „Hahahahaha". Ich sehe mein Gesicht im Handy und beginne spontan mich mit einem Blick anzugucken, der irgendwo zwischen Mitleid und Ekel anzusiedeln ist.

„Öyyyy", ruft mir irgendwer über die Tanzfläche zu. Ein Kommilitone, dessen Name mir auf der Zunge liegt, winkt mir zu.

„Was machst du denn hier?" Irgendwas mit M war der Name. „Wo man sich so trifft!" Irgendein deutscher Schauspieler heißt doch auch so...

„Dein Bier ist ja leer!" Ganz sicher was mit M oder S.

„Hanno", ruft Cedric.

Fast richtig.

Die beiden beginnen darüber zu diskutieren, dass ich mit meiner Ex-Freundin schreibe. Der deutsche Schauspieler mit M oder S Hanno schüttelt den Kopf und legt die Hand sachte auf meine Schulter.

„Bruder", sagt er, um die Deutlichkeit seines Bestrebens zu betonen. „Bruder..."

Was Bruder, digga, denke ich. Und schreie es. Über die Musik und lauter. Die bemitleidenswerten Stammgäste des Shooters schauen mich geschlossen und durch zehn pfannkuchendicke Lagen Schminke an. Frauen sowie Männer.

Wenige Sekunden später steht ein Türsteher bei uns und möchte uns so unfreundlich wie möglich aus dem Laden eskortieren. Als ich mich schon freue, beginnen Cedric und Hanno ihm die Situation zu erklären.

Er schaut mich an, schüttelt den Kopf und sagt: „Bruder!" Er spricht durch sein Walkie Talkie.

Wenige Sekunden später stehen vier Türsteher vor mir und schauen mich alle mit dem Blick an, wie ich damals die Kuh, die bei unserem Abistreich in den vierten Stock die Treppe hochgejagt wurde. Jetzt muss man wissen: Kühe können Treppen hochgehen... aber nicht herunter. Das heißt, die Kuh erlag einem bedauernswerten Schicksal vor unserem Physikräumen. Es gibt keinen bedauerlicheren Tod, als drei Meter entfernt von dem Ort dahinzuscheiden, wo Herr Mahnke sich morgens zwei Luftballons Helium durch die Nase zieht. Und genau wie ich diese Kuh schauten sie mich nun an. Mein Handy vibriert. Meine Ex hat drei Lachsmileys geschrieben. Nicht mehr. Ich will die Konversation nicht zum Erliegen kommen lassen und schreibe nochmal „Hahaha".

Ein Mädchen rempelt mich aus Versehen von der Seite an. Ungefähr so aus Versehen, wie Timo Werner im Strafraum hinfälllt. Für die nicht-Fußball-Fans: Nicht aus Versehen. Sie lächelt mich an und möchte anscheinend, dass ich ein Gespräch starte.

Cedric übernimmt das für mich. Wenige Momente später gesellt sich ein weiteres Kopfschütteln zu den Übrigen. Die Türsteher und Hanno teilen sich mittlerweile eine Shisha und reden eindringlich miteinander, wobei sie regelmäßig auf mich zeigen, wie Mario Barth, wenn er mal wieder „Kennste, kennste, meine Freundin" sagt. Meine Ex-Freundin hat inzwischen noch einen Lachsmiley geschickt. Darunter hat sie ein Tintenfisch-Emoticon gepackt, was die Konversation wenigstens etwas voranbringt, zumindest versuche ich mir das einzureden, eigentlich ändert dieser Kack-Oktopus gar nix.

Ich kriege eine Whatsapp-Nachricht von meiner Mutter: „Ich hab gehört, du schreibst die ganze Zeit mit deiner Ex-Freundin, stimmt das???" Dahinter setzt sie, wie bei Müttern üblich, 27 verschiedene Emojis. Die Türsteher und Hanno haben inzwischen ein Wettbüro eröffnet mit der möglichen Wette, wann meine Ex-Freundin wieder etwas Sinnvolles schreibt. Bisher haben alle auf „Nie" getippt, was Hannos Geschäftskonzept definitv zuwiderläuft.

Ich möchte Hanno auf sein Kalkulationsirrtum aufmerksam machen, doch dann unterbricht der DJ die Musik und sagt an: „Und jetzt ein Song für Basti, der die ganze Zeit mit seiner Ex-Freundin schreibt" und anschließend spielt er komplett zusammenhanglos zum siebten Mal Atemlos von Helene Fischer.

Doch keiner tanzt mehr, die meisten schreien Richtung Wettbüro und machen Leerverkäufe gegen mein Liebesleben. Die Türsteher haben inzwischen Anzüge an und irgendwoher eine digitale Tafel zur Anzeige der Quoten aufgetrieben. Es gibt inzwischen auch die Wettmöglichkeit „Ein Meteor zerstört uns alle in fünf Minuten", die Quote für diesen Einsatz ist sieben mal besser als der Tipp, dass zwischen mir und meiner Ex noch einmal was läuft.

Ich versuche, irgendwie von den Leuten wegzukommen, was ich erst schaffe, nachdem ich den drei anwesenden Fernsehteams ein ausgiebiges Interview gegeben hab.

Mein Handy vibriert. Meine Ex Freundin sagt mir gute Nacht. Ich sende ihr einen Oktopus als Antwort und freue mich über den neuen Insider. Dann trifft ein Meteor die Erde und wir sind alle tot. Hanno hält stolz seinen Gewinn in die Lüfte.

Ich gehe durch die Straßen in der Innenstadt es ist brütend heiß. 360 Tage im Jahr beschwere ich mich über den Regen, die verbleibenden Tage damit, mich über den Regen zu ärgern und über touristische Familienväter. Solche die versuchen, ihre mitgereisten Angehörigen wegen des schlechten Wetters mit dem immerselben Spruch zu beschwichtigen und dabei auf klägliche Art und Weise Hamburger Akzent nachzuahmen, wie man ihn nur imitiert, wenn man zuviel Steffen Henssler guckt: "Et gibt kein schlechtes Wedder, nur schlechte Kleidung." Arschlecken. Regen ist Regen, da ändert auch ein überteurer gelber Müllsack nix dran, egal, wie oft da "North Face" draufsteht.

Jetzt aber ist Sommer und alle packen ihre Sommergarderobe aus bzw. das, was sie darin finden. Ich werfe ein zehn Euro Stück in den Hut eines Mädchens, das am Straßenrand sitzt mit dem Schild. "Bitte, ich brauche was zum Anziehen" und damit den umliegenden Obdachlosen das Geschäft vermiest. Dann merke ich, dass es keine zehn Euro Stücke gibt und dass mich die Haspa veräppelt hat, die sich nur in Hamburg nicht Sparkasse nennt - Hamburg ist so besonders. Fairerweise klänge Nordrhein-westphalspa aber auch kacke.

Ich gehe weiter und drängele mich an ein paar chinesischen Touristen vorbei, die einen Baum fotografieren und dabei "Ohhhhhuuuuo" machen. Im Augenwinkel sehe ich, wie einer der Obdachlosen dem Mädchen ein zwei Euro Stück mitleidig in den Hut wirft. An mir geht eine Frau vorbei, die ihr Kind vor dem Bauch in einer Art überdimensionalen Babytrageschal trägt. Daneben steht eine Familie aus Bayern, die das ganze mit offenen Mündern begutachtet.

Das Kind fragt seinen Vater: "Papa was ist das? ist sie zu arm für einen Kinderwagen?"

Der Vater antwortet "Des nennt man i Hamburg glaub i a Hipster."

Dann dreht sich der Vater mitsamt seiner Familie um und alle gehen CSU wählen. Am Starbucks um die Ecke sitzt einer, der Kaffee trinkt. Einfach nur Kaffee. Ohne Laptop. Ohne Handy. Ohne Schreibmaschine. Er trinkt einfach nur Kaffee. Ein paar amerikanische Touristen schauen ihn fassungslos an und fotografieren ihn entgeistert. Sie schenken ihm spontan ein iPhone, weil sie der Anblick in den Grundfesten ihrer Weltanschauung verunsichert.

Ich gehe den Jungfernstieg entlang. Vor mir stehen noch mehr chinesische Touristen und fotografieren einen Gullideckel. Alle sagen gleichzeitig: "Ohhhh", und gehen dann im Gleichschritt zum Starbucks. Weil ihnen der Kaffee zu teuer ist, kaufen sie spontan Starbucks auf. Anschließend schenken Sie dem Mann mit Kaffee ein Huawei. Kennt keiner, ist aber ein Handy. Die amerikanischen Touristen ziehen Waffen und erschießen den kaffeetrinkenden Mann, weil er bestimmt Massenvernichtungswaffen in seinem Öl hat. Dann drehen sie sich um und gehen Donald Trump wählen, um sich anschließend von ihrer mexikanischen Putzfrau ihre in China gebauten Möbel säubern zu lassen.

Ich schaue in die Sonne und genieße kurz den Anblick. Dann fängt es an zu regnen. Warmer Regen nennt der Hamburger immer noch Sommer. Vor mir stehen ein paar Sachsen und fotografieren einen Stand mit gebrannten Mandeln und rufen ganz laut: "Doooo gück mal. Dä Türke backt Öliven!"

Wenn Deutschland eine Uni ist, ist Sachsen der Studiengang, für den man kein Abi brauch. Es werden immer mehr Touristen. Sie fotografieren einen Mann, der für den Abriss der Elbphilharmonie wirbt mit dem Slogan: *Damit wir die Milliarde vollkriegen – Wegbaggern.* Eine Touristin macht einen Selfiestick auf und will sich mit dem Mann fotografieren. Die Frau mit dem Kind um den Bauch hat sich mit einem Schild an den Straßenrand gesetzt, wo drauf steht: "Brauche Geld für einen richtigen Kinderwagen." Sie kriegt nix, weil zu viele kleiderlose junge Mädchen den Weg säumen und alles Geld bekommen.

Die Amerikaner belagern inzwischen die Starbucks Filiale, die inzwischen Chinabucks heißt. Sie erschießen regelmäßig vorbeigehende Zivilisten, um ihnen den Frieden zu bringen.

Mir sind die Touristen in Hamburg zu laut. Als hätte ich nicht genügend Gründe genervt zu sein, dazu braucht es in Hamburg keine Unmengen an Touristen, sondern nur den HSV. Als würde das Wetter meinen Gedanken die geeignete Atmosphäre geben wollen, fängt es an nun aus Kübeln zu schütten und zu gewittern.

Vielleicht ist dies doch einer dieser 360 Tage, an denen ich mich über den Regen ärgere. Trotz des Regens stehen immer noch einige tief beeindruckte Chinesen um die Bäume herum. Beim Vorbeigehen erkenne ich, dass sie inzwischen den Regen fotografieren. Dann kippt der Baum um und auf fast alle Chinesen drauf. Hamburgs Bäume wehren sich gegen Touristen.

An mir fährt ein Fahrrad vorbei. Sehr unangenehm, da der Fahrende mich laut anschreit, dass dies ein Fahrradweg sei, energisch klingelt, nur einen Nanometer Abstand einhält und seinen Kopf anschließend immer wieder komplett verzweifelt gegen seinen Lenker haut. Ich weiche auf die Straße aus, wo mich ein Auto fast überfährt. Der Fahrer drückt mehrfach die Hupe und schreit laut durch sein Fenster, dass dies eine Straße sei. Ich rege mich über beide auf und schreie zurück.

Ich glaube, es ist absolut egal, wie man unterwegs ist – Auto, Rad oder zu Fuß, man regt sich immer über die anderen auf.

Die Chinesen beginnen unsere Anschreikakophonie zu filmen, einer möchte gerne mit seinem frisch gezückten Selfiestick ein Foto schießen. Wie vom Blitz getroffen bleibt er dann stehen, was daran liegt, dass er tatsächlich vom Blitz getroffen wurde.

Die Mädchen mit den Kleidungsbettelschildern rennen von der Straße weg. Das bisschen Stoff, was sie am Leib trugen, ist ihnen vom Leib geschmolzen. Dann wird der Baum mitsamt des verunfallten Autos von der Straße geräumt, als ein Batallion amerikanischer Panzer sich den Weg über den Teer bahnt und dabei auf das chinesisch besetzte Starbucks zuhält.

Die amerikanischen Touristen werfen johlend ihre Hüte. Die Frau mit dem Babytuch wirft versehentlich ihren Geldhut mit in die Luft. Weil keiner Mitleid mit ihr hatte, fällt kein Geld heraus.

Mir wird es hier zu laut und ich beschließe, den ganzen Sommer nicht mehr in die Innenstadt zu gehen. Wenn ich Touristen nicht sehen will, dann gehe ich nach Bremen.

Man sagt mir gerne, ich sei ein Besserwisser, wobei mir schon das Wort an sich nicht behagt, weil ich ja davon ausgehe, dass der andere eigentlich gar nichts weiß, was ich besser wissen könnte. Von daher finde ich das Wort müsste einfach *Wisser* heißen. Das kommt als Antwort auf den fremden Hinweis eines charakterlichen Defizits allerdings nicht gut an.

Zehn Minuten später werde ich von der WG-Party geschmissen, weil ich dann einem Mädchen, dass weinend erzählt, dass ihr Freund sie betrügt, noch sage, dass sie ihm das erstmal beweisen müsse.

Der nächste morgen ist dann wie jeder andere. Ich stehe morgens auf, mache mir Kaffee und Auberginen-Dinkel Toast. Letzteren nicht nur, weil ich ein Hipster bin, sondern weil man nach Jurastudenten inzwischen echt mit allem wirft. Meistens versuche ich mich auf dem Campus von daher bedeckt zu halten, denn wenn es etwas gibt, was normale Menschen noch weniger mögen als Juristen, die anwesend sind, dann sind es Juristen, die in Anwesenheit etwas sagen. Deswegen wünschte ich mir manchmal, ich wäre einfach allein in irgendeiner Wüste ohne alles.

Da gäb's keine Eltern die über nervtötende krakeelende Bälger sagen: „Pardon mein Sohn hat ADHS und ist hochbegabt" Ein Scheiss ist dein Sohn.

In einer Wüste gibt's keine Leute, die Sächsisch sprechen. Es gibt keine Leute, die versuchen, Sächsisch auf bescheuert dilettantische Weise zu imitieren. Es gibt keine Leute, die typisch sächsische Meinungen vertreten. Es gibt überhaupt keine Meinungen, weil es keine Leute gibt. Alle, die man vermissen kann, gehören damit der Spezies an, die auf die Idee gekommen sind, dass man mit Krombacher saufen den Regenwald retten kann. Oder ihre Anrufbeantworter paarweise zu besprechen:

„Hallo hier ist der Marco – und hier ist die Flora. Wir sind gerade nicht erreichbar, weil wir uns vor ein paar Monaten entschlossen haben, unverbindlichen Sex zu haben und jetzt nicht wissen, wo wir mit unserem Sohn hinsollen. Aber der kleine Rolf-Geronimo ist natürlich auch hier! Sagt was auf'n Piep!"

Wenn ich sowas gehört habe, mache ich mir dann direkt ein Kamillen-Kapuzinertee, mit dem mich die Kunstwissenschaftler beworfen haben, rauche eine und gehe dann raus, um Flora und Marco mit einer Kettensäge zu besuchen.

Ich gebe dem Dinkel-Toast eine letzte Chance und beschmiere ihn mit Pistazien-Pampelmusen-Creme, die die Ernährungswissenschaftler nach mir geschmissen haben. Auf der Rückseite steht, dass die Pampelmusen aus ökologischem Anbau in nachhaltigen Gebieten sind, keine Tiere und deren Habitate geschädigt wurden und die Pampelmusen selbst nicht nur vom Baum hergegeben, sondern auch jede eine Spritze Yogi Tee zur

Entfaltung des vollkommenen Geschmacks erhalten hat. Ich nehme das Zeug und gehe zum Hühnerstall, um die Hühner damit zu füttern.

Jetzt fragt ihr euch, warum ich Hühner habe. Ich war letztens auf einer Party der Tiermediziner und habe einem Haufen Wendy-Mädchen gesagt, dass die LiDL Lasagne bei Stiftung Warentest am besten abgeschnitten habe und da die restlichen Zutaten bei Lasagnen alle gleich seien, könne es ja nur am Zusatz Pferdefleisch liegen.

Daraufhin haben sie mich mit Legehennen beworfen, die allesamt auf den Namen Amadeus und Sabrina hören.

Ich wünsche mir eine Wüste, wo es keine Leute gibt, die mich mit Dingen bewerfen, keine Leute, die twittern: „Ich war eben mit ner Alditüte im Rewe", wo ich nur denke:
Du Gangsta! Rules are definitely not made for you!

Ich lebe auf einer Welt, wo mir Rainer Calmund von einer Anzeigetafel garantiert, den *billischsten Fluch* zu finden.

Auf dem Weg zur Uni erkennen mich ein paar Chemiestudenten als Juristen. Ich weiß nicht wie, aber dass ich mit dem Benz über den Campus gefahren bin, könnte vielleicht ein Indiz gewesen sein. Sie bewerfen mich mit Reagenzgläsern und Dioptrin. Ich gehe nicht in Deckung, denn sie treffen nicht, da sie nur Chemiestudenten sind und nur drei Meter weit werfen können.

In der Uni bin ich nur im Internet, schließlich bin ich Administrator der überaus wichtigen Seiten:

„unterschiedlicheArtenvondass.de",

„unterschiedlicheArtenvonseid.de"

und der Seite:

„fastallePolitikersindJuristen,darumsolltenauchnurJuristenwählendürfen.de"

Ich gebe zu, beliebter wird man dadurch nicht.

Auf dem Heimweg mache ich noch einen Abstecher bei den Asienwissenschaftlern, um mich mit Reis bewerfen zu lassen, da ich mir noch ein Hähnchen-Curry mit einer meiner Amadeus und Sabrinas machen möchte.

Auf dem Campus bleibe ich dann aber verschont. Die BWLer haben Seminarende und wenn ihr die Wahl habt, einen BWLer bewerfen zu können, dann bewerft ihr immer den BWLer als niedrigste Kaste im Studiensystem.
Der Stellenwert von BWLern ist in etwa derselbe, wie der von Sachsen-Anhalt. Juckt keinen und wenn man mal was hört, dann hat einer der Profs die AfD gegründet.

Ich gehe also unbescholten nach Hause, gebe aber beim Vorbeigehen den Sozialökonomen ein paar Tipps, in welchem Flugwinkel die Hühner die BWLer am Schmerzhaftesten treffen.

Ein paar Juristen schmeißen jetzt auch auf die BWLer aus Freude, mal nicht selber dran zu sein. Sie werfen allesamt mit den Kreditkarten ihrer Väter.

Denken Sie nicht an rosa Nilpferde

Manchmal, wenn mir langweilig ist, stelle ich erfundene Gerichte bei Chefkoch rein und verkaufe sie als kulturelle Highlights. Meine neueste Errungenschaft: Die Weißweinscholle.

Da ich relativ beschissen koche, besteht das Rezept im wesentlichen aus der Anweisung, eine Scholle mit einer Flasche Weißwein zu übergießen und in den Ofen zu tun. Darunter setze ich den Hinweis:
„Je nach Uhrzeit können Sie die Menge an Weißwein beliebig nach oben ergänzen."
Die Seite bittet mich, das Rezept mit Kategorien zu benennen.
Ich setze einen Haken beim Kästchen *Vegan*.

Mein Problem im Leben ist nicht, dass ich nichts erledigt bekomme, sondern vielmehr, dass es meist die falschen Dinge sind. Ich beschwere mich gerne, dass ich zu wenig Zeit hätte und rege mich wie jeder über die Leute auf, die in einer 50-er-Zone ernsthaft nur 50 fahren. Und trotzdem antworte ich bei Chefkoch *Tofuschnitte47* auf ihren Hinweis, dass mein Gericht nicht vegan sei, dass das alles eine Frage der Perspektive wäre. Aus Perspektive des Fisches zum Beispiel sind ausschliesslich vegane Zutaten um ihn herum drapiert.

Und fünf Minuten später pimmelt mir ein Polizist mit seiner Taschenlampe am Autofenster, weil ich in der 50-er-Zone halt 70 gefahren bin!
„'Tschulligung, wissen se, warum ich se angehalten hab?"

„Nein, weil Sie ein paar Kleidungstipps brauchen ob Ihres einfarbigen Stils?"

Eindeutig hab ich ja genug Zeit, um sinnfrei auf Polizeirevieren abzuhängen, während der versammelte Bauernhof im uniformen Entthing beratschlagt, ob ich sie jetzt beleidigt hätte oder nicht. Für das Protokoll: Jup.

Und dann krieg ich auf dem Handy eine Push-Nachricht und stelle fest, dass *Tofuschnitte47* mir geantwortet hat und mich als alkolischen Untermenschen tituliert hat und ich bin ihr dankbar, denn auf einmal ist mir auf diesem Gümmelrevier wieder etwas weniger langweilig. Warum ist immer alles so langweilig? Ich treffe Menschen, die sagen, „Och, Nee, Beziehung hab ich ja kein Bock, da ist so schnell so stressig", sodass auch Spielerfrauen zu Spieler-wir-schlafen-miteinander-aber-haben-es-nicht-so-genau-definiert-Frauen werden, und man will sich ja Tinder nicht deinstallieren, sonst wird's so langweilig.

Und ich sitze auf dem Revier, während der Typ vor mir in seinem schlecht sitzenden Stripper-Kostüm meine Punkte in Flensburg zählen lässt, die, sagen wir... existieren.

Und anderen wieder ist aber halt so langweilig, dass sie sich zur Lebensaufgabe machen, den linken Fahrstreifen zu entschleunigen. Ich weiß, dass ich eigentlich was zu tun hätte, aber trotzdem sage ich, wenn meine Eltern mich frage, wie ich denn mit dem Studium vorankomme – Mama, guck mal, ein Regenbogen!

Glück ist schliesslich nichts anderes, als sich die Realität zum richtigen Zeitpunkt schönzusaufen. Wie ich anschließend feststelle, hat irgendein Pfosten mein Chefkoch-Rezept bewertet und sagt, die Weißweinscholle sei gar nicht so schlecht, wenn man die Scholle einfach weglässt.

Und ich denke nur daran, dass das bestimmt einer dieser Menschen ist, der auch Telefonzellen bei Yelp bewertet.

„Der Hörer ist in gutem Stand und aus Laienbetrachtung scheint auch die Wählscheibe gut zu funktionieren. Einziges Manko, dass der Apparat lediglich Mark nimmt, deshalb nur vier von fünf Sternen. Dennoch eine gute Telefonzelle."

Und ich frage mich, wie langweilig ist dir bitte, warum ist dir so langweilig, hast du nichts zu tun? Worauf mir einfällt, doch bestimmt, aber er macht halt lieber was anderes. Tindern. Saufen. Im Wort Prokrastination taucht nicht umsonst die Phrase „Pro Kasten" auf – mit einer Menge Fantasie zumindest.

So, wer hat hier gerade an Spongebob gedacht? Guckt mal, wofür ihr Zeit habt. Ihr habt jetzt knapp vier Minuten gelesen, wie ich euch erzähle, wie mir langweilig ist und ich wette, mindestens einmal habt ihr schon das gleiche gemacht. Kennt ihr das, wenn euch langweilig ist? G20 ist schliesslich nur einmal im Jahr.

Deshalb kann ich zwei Stunden auf einem Polizeirevier sitzen und sehen, wie das Handy des Polizisten auf dem Tisch eine Push-Up-Nachricht von Chefkoch bekommt auf der steht: „Lieber Tofuschnitte47, Du hast eine neue Nachricht zum Rezept Weißweinscholle bekommen."

„Ich habe ja nicht mit Absicht mit ihm geschlafen." Linda lümmelt mit ihrem Mittelfinger an der Teetasse herum, die mit ihrem Pandaaufdruck ein seltsames Maß an Unschuld in die Konversation miteinbringt. Ich habe relativ wenig Lust, mich weiter an dieser Diskussion zu beteiligen und beschließe, Linda ihr Rechtfertigungspamphlet alleine ausformulieren zu lassen. Ich sitze ja trotzdem noch da. Auf dem Handy erscheint eine Push-Up-Nachricht von Tofuschnitte, der mich fragt, ob ich heute Abend mal wieder Zeit für ein Bier hätte. Tofuschnitte heißt in Realität Frank, was ein derart ermüdender Name ist, dass er es nicht bis zur Telefonbuchkorrektur geschafft hat.

„Hörst du mir überhaupt zu?", fragt Linda und tut so, als würde sie weinen.

„Blablablaaa", sage ich und bin zufrieden mit meiner erwachsenen Reaktion. „Können wir nicht einfach den üblichen Auseinandergelebt-Reue-bringt-eh-nichts-mehr-Vertrag unterschreiben und dann finito?"

Linda erbost sich und widerspricht mir. Im Anschluss beteuert sie erneut ihre Reue und sagt, dass das alles nur passiert sei, weil wir uns auseinandergelebt hätten.

„Außerdem", folgt Anhang Nummer Eins „hängst du viel lieber mit deinen Freunden vom Poetry Slam ab und ich hab' ständig das Gefühl, du bist lieber bei denen."

„Immerhin ein gutes Gefühl", nicke ich diplomatisch.

Ich bin nicht gut im Beziehungen beenden. Ich habe das perverse Bedürfnis, am Ende alle Fronten friedlich geklärt zu haben, beteilige mich selber an solchen Klärungsgesprächen aber meist nur mit Zynismus.

Abends sitze ich mit Freunden im Kreis und wir tun so, als würden wir gemeinsam meine Trennung verarbeiten. Da vier von fünf Anwesenden allerdings Poetry Slammer sind, wissen wir eh alle, dass es nur eine weitere Ausrede ist, einem exzessivem Alkoholkonsum zu fröhnen. Der fünfte ist Tofuschnitte und scheint mir etwas verstört, ob der Tatsache, dass bereits der dritte Joint herumgereicht wird. In unserer Profession sind wir schlichtweg etwas überfordert ob des Umstandes, dass wir nicht auf die Pause warten müssen, weshalb das mit dem Kiffen alles irgendwie etwas schneller geht. Alle Anwesenden wissen, dass Tofuschnitte Polizist ist. Sogar Tofuschnitte. Allen Anwesenden ist es egal.

„Und dann kifft ihr immer so viel!", erzürnt sich Linda weiter. Ich habe mittlerweile das Gefühl, dass sie sich das Schlussmachen rationalisiert. Nicht nur, dass ich mich bereits aus dem gespräch zurückgezogen habe, ich werde für die Diskussion nicht einmal mehr benötigt.
„Immer wenn ich euch zusammensehe, dann hat irgendwer irgendwas im Mund."
Hihihi, Oralsex.
„Und nicht nur dieses Gepoetry-Slam, jetzt macht ihr alle auch noch Soloshows, wo ihr im Ergebnis auch nur gegenseitig hingeht, um wieder miteinander zu kiffen."

Ich finde, sie wird gerade etwas unfair pauschal, beschließe aber mich zwecks rascher Beendigung dieses Gesprächs nicht zu beteiligen und fummele ein bisschen an meiner eigenen Pandatasse, die süß aussieht, aber in der Bier ist.

Fast die komplette Riege sitzt im Backstage zusammen und kifft. Irgendeiner von uns hat heute eine Soloshow, wir haben aber allesamt vergessen, wer das war und knobeln gerade aus, wer gleich am Ende der Pause auf die Bühne geht.

„Ich glaube, es war ein Mann", sagt Janni. Nicht sehr hilfreich, da alle Anwesenden eh Männer sind.

„Ich nicht, ich mach' gar keinen Poetry Slam", sagt Hinnerk und vergisst, dass wir nicht seine cooleren Freunde sind, vor denen er das verstecken muss, sondern es alle besser wissen.

„Ich will gleich noch Fußball schauen", sagt Danny, der denkt, dass Arne Friedrich immer noch in der Nationalmannschaft spielt.

„Solange es draußen Benz", sagt David und steigt in seinen Mercedes.

„Und was war das überhaupt das letzte Mal?", fragt Linda weiter und weicht immer mehr vom Thema ab. „Ihr habt euch nach der Pause zu fünft auf die Bühne gestellt und zwanzig Minuten lang abwechselnd *feucht* gesagt."

„Das stimmt jetzt nicht", mische ich mich ein. Hinnerk hatte immer, wenn er dran war, nur gesagt, dass er keinen Poetry Slam macht.

Tofuschnitte fragt mich, ob alle Leute im Poetry Slam so viel kiffen. Ich verneine. Schließlich trinken wir auch viel. Wie's eigentlich war heute mit Linda, fragt er mich. Ich stelle fest, dass wir tatsächlich noch gar nicht darüber geredet haben, obwohl das der offizielle Grund der Gruppenversammlung war. Ich neige den Kopf hin und her und mache eine ablehnende Geste.

„Jetzt sag doch mal", beharrt der investigative Frank.

„Feucht", sage ich.

Ich habe meine Pandatasse umgekippt und nun Bier auf dem Oberschenkel. Linda interessiert das nicht, denn sie ist gerade dabei, alle ihr bekannten Poetry-Slammer anhand ihres Lebensstils zu beleidigen. Ich finde mich wieder. Als sie bei Hinnerk angelangt ist, schreit eine Stimme durch's Fenster: „Ich mach' gar keinen Poetry Slam!"

Die nächste Soloshow verkauft sich schlecht und einige Gäste haben der Veranstalterin geschrieben, dass sie die zweite Hälfte eine Frechheit fanden. Einige Theaterstudenten schreiben jedoch, dass ihnen der postmoderne Ansatz gefallen habe.

Linda reiht noch einige Worte aneinander in der Hoffnung, sie ergäben vielleicht einen Sinn. Tun sie nicht. Ich trinke aus meiner Pandatasse, aus der daraufhin etwas Rauch aufsteigt. Linda scheint daraufhin zu bemerken, dass ich in die ansonsten leere Tasse einen Joint reingelegt habe.

„Ach, ich mach keinen Poetry Slam", sagt Hinnerk und macht eine abfällige Handbewegung zu Linda. Sie scheint daraufhin begeistert, dass ich auch nicht-dichtende Freunde habe. Wir ziehen die verbleibenden Grasleichen aus dem Backstage und machen uns aus dem Staub. Ein Polizist steht vor der Tür und wir versuchen uns klammheimlich an ihm vorbeizuschleichen. Zu unserem Glück ist er gerade auf seinem Handy zugange, zumindest sehen wir, dass er die Chefkoch-App geöffnet hat. Wir bekommen noch mehr Appetit als eh schon.

„Weißt du was, das macht so keinen Sinn mehr!", stellt Linda schlussendlich fest. Ich nicke und schaue auf die Uhr. Etwas mehr als fünf Minuten, ein Glück sind wir hier nicht so streng mit dem Zeitlimit.

Tag 1:
Die Welt ist scheisse. Durch den Rolladen dringt ein Sonnenstrahl in mein Zimmer. Zum Glück nicht auf mein Gesicht. Ich drehe mich zur anderen Seite.

Tag 2:
Die Welt ist scheisse. Nase juckt. Das ist es nicht wert. Regungslos bleib ich liegen.

Tag 3:
Die Welt ist scheisse. Ich überlege, ob es vielleicht nach drei Tagen gut wäre, mal auf die Toilette zu gehen. Ich entschließe mich dagegen und drehe mich um.

Tag 4:
Die Welt ist immernoch scheisse. Diesmal richtig. Ich bin inzwischen extrem hungrig und komplett dehydriert.

Tag 5:
Die Welt wird immer beschissener. Ich musste nachts 17 Mal aufs Klo.

Tag 6:
Die Welt ist wieder normal scheisse. Mein Zustand hat sich physisch stabilisiert. Dafür kann ich jetzt wieder denken. Das ist richtig scheisse. Ich schaue auf mein Handy, 439 Nachrichten bei Whatsapp, 27 entgangene Anrufe, 1.345 weltbewegen-

de Eilmeldungen von Spiegel Online und eine Einladung Clash of Clans zu spielen.

Tag 7:
Die Welt ist bescheiden. Ich habe inzwischen begonnen, die Kuhle im Bett, die meine Freundin hinterlassen hat zuzuschütten. Um mich zu beschäftigen mach ich das mit einzelnen Lagen Kreppband. Das Ergebnis kann sich sehen lassen. Ich wende mich Clash of Clans zu.

Tag 8:
Scheisse. Ich beschließe meiner Freundin zu schreiben, dass ich noch ein gemeinsames Fotoalbum habe und ob sie das haben wolle. Dahinter setze ich einen rotwangigen Smiley, damit die Nachricht nicht so depressiv aussieht. Sie schreibt mir zurück, sie würde sich eher den rotwangigen Smiley ausdrucken und an die Wand hängen. Ich beginne diesen Smiley zu hassen.

Tag 9:
Ich habe mir eine Pizza bestellt. Zum siebten Mal in drei Tagen. Als mein Lieferant Mahmut unten klingelt, schaffe ich es aber einfach nicht aufzustehen. Ich klebe an dem Kreppband in meinem Bett fest.

Tag 10:
Wieder kommt die Pizza. Mahmut hat mittlerweile einen Schlüssel. Ich habe den ganzen gestrigen und heutigen Tag damit verbracht, alle Nachrichten in meinem Handy zu löschen, in denen der rotwangige Smiley auftaucht.

Tag 11:
Mahmut hat den Pizzaofen inzwischen bei mir aufgebaut, sodass er nur noch zum Backen kommen muss. Ich habe mittlerweile festgestellt, dass bei Facebook der einfache Doppelpunkt-Klammer Smiley automatisch zu einem rotwangigen Smiley mutiert. Es ist ein Komplott. Ich reiße alle Doppelpunkt-Tasten von jeder Tastatur. An meinem Handy klebe ich die Stelle zu, um Schockmomenten vorzubeugen. Mit Kreppband.

Tag 12:
Ich habe beschlossen zum Islam zu konvertieren. Ich lasse mir von Mahmut die Regeln zeigen und beschließe ein guter Moslem zu werden. Danach bestelle ich mir bei ihm eine Pizza Salami.

Tag 13:
Muslim zu sein macht Spaß. Die Welt ist nur noch moderat scheiße.

Tag 14:
Ich möchte meinen Horizont erweitern und wende mich auch dem Buddhismus zu. Das entspricht meiner pizzagewobenen Fettschicht der letzten zwei Wochen. Ich meditiere in Richung Mekka. Mahmut hat sich mittlerweile einen anderen Job gesucht, da ihm ohne Pizzaofen die Existenzgrundlage fehlt. Ich liege mit Pizza auf meinem aus Kreppband gewobenen Gebetsteppich.

Tag 15:

Die Welt ist wieder scheiße. Ich traue mich nicht mehr mein Handy zu benutzen, aus Angst einem rotwangigen Smiley im Angesicht zu stehen. Meine buddhistische Frohnatur bewahrt mich zum Glück davon auszurasten. Außerdem verbietet der Koran Selbstmord. Und die Bibel auch. Ich bin doch ein guter... Religionist.

Tag 16:

Es klingelt. Ich renne in meinem Kreppbandkostüm mitsamt all dessen, was an mir so kleben geblieben ist, zur Tür. Mahmut steht vor der Tür. Diesmal in Zalando-Uniform. Hinter ihm steht eine große verpackte Figur, wir tragen sie gemeinsam herein. Ich öffne das Paket. Eine überlebensgroße Statue des indischen Elefantengottes Gandeesha steht vor uns. Mahmut schüttelt den Kopf.

Tag 17:

Ich verbringe viel Zeit mit Beten. Bei der Menge an Religionen, die ich zu bedienen habe, dauert das ein paar Stunden.

Tag 18:

Ich habe mir eine weitere Statue bestellt. Direkt nachdem meine Ex mir schrieb, sie hätte doch gerne das Album. Damit sie und ihr Neuer über mich lachen können. Als Mahmut ankommt, sieht das Paket nicht aus, wie der afrikanische Buschgott, den ich mir bestellt hatte. Er öffnet das Paket. Ein Wandteppich eines rotwangigen Smileys liegt vor uns. Amazon ist zum Kotzen.

Tag 19:
Ich feiere einen Exorzismus. Im Pizzaofen verbrennen der Bettkuhlenabdruck aus Kreppband sowie das Fotoalbum. Dann kommt ein Rabbi und feiert mit mir Bar Mizwa. Mahmut ist auch dabei. Wir brauchen keine drei Minuten, um über Palästina zu streiten.

Tag 20:
Mein Clash-of-Clans-Imperium fasst inzwischen alle Gottestaaten zusammen, die in der Weltgeschichte existierten. Ich beschließe, ich muss wieder arbeiten. Ich schreibe Bewerbungen. Persönliche Qualifikationen: „Ich hab keine Freunde und deswegen viel Zeit. Bitte nehmt mich!"

Tag 21:
Die Ex schreibt mir, sie hätte sich von ihrem Neuen getrennt. Mit weinenden Smileys. Ich mag die. Zwei Stunden später sitzt Mahmut weinend bei mir auf dem Sofa. Er hat sich heute von seiner neuen Freundin getrennt. Ich tröste.
Dann setze mich auf den Smiley-Gobelin und hoffe, dass er losfliegt. Heut wird ein guter Tag, denn ich besitze jetzt einen Pizzaofen, sieben Abbildungen göttlicher Gestalten aus multi- sowie monodeoistischen Religionen und habe ein Start-Up im Textilgewerbe und entwerfe Kreationen aus beidseitig starkhaftendem Klebeband.

Wein auf Champagner

Alkohol macht angeblich irgendetwas mit dem Gedächtnis. Was genau das war, habe ich leider vergessen. Es gibt Leute, die behaupten, ein Rotwein am Tag sei gut für die Durchblutung. Es gibt andere Leute, die behaupten, eine Durchblutung am Tag sei gut für mehr Rotwein. Ok, davon gibt es nicht wirklich viele.

„Also ich trinke nur noch Champagner", sagt einer der Kommilitonen, die von Kindesbeinen auf mit dem Wahlprogramm der FDP als Bibel erzogen worden. Dass er mit Champagner Prosecco meint, den er in seine eine Champagnerflasche füllt, wissen die meisten allerdings auch. Als Jurist hat man allerdings einen Ruf zu verteidigen. Keinen guten, aber besser als gar keinen. Gleiches gilt bekanntermaßen auch beim Wein.

Das Juristenumfeld ist praktisch das Gegenteil des Poetry Slams. Die Leute wollen selten hören, was jemand anderes zu sagen hat, goutieren es seltenst und anstatt mit Mikro beschäftigt man sich lieber mit Makro. Manchmal frage ich mich, wie es passiert ist, dass ich in diesen Haufen elitärer Weißer aufgenommen wurde, bis mir aufgefallen ist: Achja, bin ich ja auch. Und das schöne ist, wenn man in einem Umfeld aufgehoben ist, wo man sich möglichst arrogant zu beleidigen hat, dann ist Sarkasmus eine ganz vorzügliche Camouflage.

„Studierst du eigentlich noch so richtig?", fragt einer mit einem Doppelnamen, der zu mindestens 50% aus Namen seiner für die Nazis wirtschaftenden Großväter besteht.

„Eingeschrieben", halte ich die Antwort knapp.

„Ach, Mensch. Ja, mein Großvater hat auch schon Jura studiert, ich glaube, das ist ein Vorteil, wenn man da jemanden kennt, um das durchzuziehen."

„Ich weiß nicht, ob ich jemanden fragen würde, der dafür bekannt ist, danach von nichts gewusst zu haben", weise ich hin.

Meine Antwort wird unverstanden.

„Willst du denn noch zuende studieren?"

Ich gebe vor zu überlegen. „Ne, weißt du, wollte ich eigentlich bis eben, aber jetzt, wo du fragst, glaube ich, ich schieße die letzten fünf Jahre einfach mal über den Zaun."

„Was für einen Zaun?", fragt der Ferdinand-Amadeus vor mir.

„Irgendeinen Zaun. Kannst du ja auch mal deinen Großvater fragen, der kennt auch welche."

Der Christian-Lindner-Rookie mustert mich: „Bist du heut irgendwie schlecht drauf?"

„Auf gar nichts bin ich drauf", gebe ich mein Problem mit der Situation zu erkennen.

„Willst du was?", fragt es. „Ich habe was dabei, die sind eigentlich da, um die Konzentration beim Lernen aufrechtzuerhalten."

„Konzentration. Wieder was für deinen Opa."

„Bitte?"

„Danke."

Nachdem die Show zuende ist, warte ich wie häufig vor der Tür und schaue den Kolleginnen und Kollegen beim Bücherverkauf zu. Heute warte ich auch noch auf meine Sondergäste. Die Gruppe juristischer Artgenossen verlässt schockiert das Etablissement. Ich freue mich, als meine Freunde... – Bekann... – Ich-kenne-sie zu mir kommen. So haben die anderen Gäste den Eindruck, ich wäre berühmt und es würde sich lohnen mit mir zu reden. Dabei schiele ich auf die Arschkrampe, die mir 'ne 5,4 gegeben hat. Genau, ich weiß, wer du bist.

„Das war ja total links", stellt einer der eben entjungfrauten Mitstudierenden fest.

„Aber sehr vielfältig!", betont eines der Mädchen, die irritierenderweise häufig ebenfalls zu knapp 50 % nach ihren Großvätern benannt sind.

„Ich fand ja den und den witzig", sagt irgendwer von denen. Die sehen eh alle gleich aus.

„Ja, genau, beim Poetry Slam sollte man hauptsächlich darauf achten, wie witzig die Leute sind", seufze ich. „Deshalb ja auch das Poetry. Das ist Spanisch für Humor!"

„Hä, Ne? Das ist Englisch für Gedicht!", korrigiert mich Melinda-Hubertus oder whatsoever. Ich stelle glücklich fest, dass ich schon ganz schön einen im Tee habe und heute alles aushalte. Allerdings sage ich auch versehentlich laut:

„Ein Glück hab' ich schon ganz schön einen im Tee und halte heute alles aus."

„Tee?", fragt einer.

„Ich trink nur Champagner", sagt Ferdinand-Adolf-Eva.

„Tee ist gut für die Durchblutung!", sagt Melinda-Hubertus.

„Wusstet ihr, dass ein Glas Rotwein am Tag auch Durchblutungsförderung ist?", sagt irgendwer.

„Basti, kann ich einen Zug von deiner Zigarette?", fragt der Vierte.

„Ich glaube, ich gehöre hier nicht dazu.", sagt irgendjemand, der tatsächlich nicht dazugehört.

Ich halte dem Juristen, den ich irgendwie kenne, meine Zigarette hin.

„Apropos Zug... Lebt dein Großvater eigentlich noch?"

Danny beendet über SMS für mich eine weitere unvollkommene Liebschaft. Dabei summt er fröhlich: „Hokuspokus Fidibus, Ich mach' mit Mariechen Schluss." Anschließend installiert er unter eher semivorgenommener Rücksprache Tinder auf meinem Handy. Meinen Mitbewohner ereilt das gleiche Schicksal. Wenige Sekunden später sitzen wir im Stuhlkreis und tindern gemeinsam. „Wir sollten uns jede Woche treffen, um zusammen zu tindern. So wie Buchclub!", schlägt Danny vor und wedelt mit keinster Angst vor einem Tennisarm auf seinem Handy umher. Gleichzeitig weist er uns immer wieder auf Besonderheiten des Prozesses hin. „Guck' mal, bei der steht im Profil: Keine One Night Stands. Das bedeutet: One Night Stands."

Mein Mitbewohner und ich haben Schwierigkeiten uns an diese Tätigkeit zu gewöhnen. Es vereinfacht die Situation unwesentlich, dass wir Gin Tonic aus den Pandatassen trinken, die ich bei meiner Ex-Freundin aus dem Hausstand habe mitgehen lassen. Nach der vierten geleerten Tasse geht das Wutschen und Wedeln fremder (und überraschend vieler bekannter) Gesichter allerdings leichter von der Hand.

„Die hat eine Krone und eine Flagge von Kanada in ihrer Beschreibung. Bisschen lame", nörgele ich.

„Ja, aber Match ist Match. Anschreiben!", befiehlt mein Mitbewohner, der sich der rituellen Eigenheiten Tinders deutlich schneller bewusst ist als ich.

„Was soll ich der denn schreiben? Krone und Kanada. *Hallo, arbeitest du bei Burger King in Toronto? Ich möchte mich in deine Salsa dippen.*" Ich bin zufrieden mit meinem Witz.

Danny korrigiert: „Gar nicht mal so schlecht! Aber nimm nur den letzten Satz!"

„Wat?"

„Ach, man, Alter, das ist Tinder."

„Alle sagen immer, auf Tinder gäbe es auch viele Leute, die wirklich Leute kennenlernen wollen."

„Ja, aber meistens finden sich selten zwei davon auf einmal!", echauffiert sich Danny und mein Mitbewohner pflichtet nickend bei.

Ich habe versehentlich meiner Ex-Freundin geschrieben, ob ich mich in ihre Salsa dippen darf. Ich weiß nicht, wie es passiert ist, aber ich glaube, in den Pandatassen war irgendwas anderes. Dann erinnere ich mich, wie ich beim Schlussmachen zwei Stunden heimlich einen Joint aus der Pandatasse geraucht habe und denke: Achja. Das.

Das Burger-King-Mädchen auf Tinder reagiert verstört auf die Anfrage, dass ich sie vermisse und sie gerne zurück hätte. Sie sagt, sie sei nur hier, um Leute kennenzulernen. Mein Mitbewohner schreibt in sein Profil *Keine One Night Stands*, weil er anscheinend allen ein geheimes Signal geben möchte.

Es klappt. Mein Mitbewohner bekommt eine Nachricht: „Ich möchte auch keine One Night Stands. Lust, uns zu treffen? Kannst gerne zu mir kommen!" Ich bin etwas fassungslos, auch ob der Tatsache, dass meine Ex-Freundin mir geschrieben hat, dass ihr Dip leider gerade anderweitig besetzt sei. Ich nehme mir vor, nicht eifersüchtig zu sein und zünde komplett zusammenhanglos den Koriander auf der Fensterbank an.

Das Mädchen, das davon ausgeht, dass ich sie gerne zurückhätte, fragt mich, ob ich sie nicht erstmal kennenlernen wolle. Damit ich wüsste, ob sich das überhaupt lohnt. Gerade als ich beginne, dies witzig zu finden, beäugt Danny das Bild und murmelt: „Weißt du was? Ich glaub', die kenne ich."

„Welche Art von kennen? So wie ich meine Mitstudierenden oder mehr so keine One Night Stands."

„Irgendwie ja beides", sagt Danny und blickt philosophisch drein.

„Bist du dir sicher?"

„Nein, gar nicht"

Toll. Wir stellen fest, dass eine Rezensionsfunktion bei Tinder von Vorteil wäre.

Kunden, die Beischlaf mit X hatten, hatten ebenso genitalen Kontakt mit Y.

Mein Mitbewohner zieht von Dannen, weil er offiziell noch kurz zum Buchclub will. Das Burger-King-Mädchen fragt, ob ich Lust hätte, was zu machen. Ich frage sie in all meiner

Überzeugung, an was sie da so dachte. Sie schlägt vor, sich bei McDonalds zu treffen. Da arbeite sie nämlich.

Das Korianderfeuer greift inzwischen auf den Basilikum über. Danny fragt mich, ob ich das nicht mal löschen wolle. Ich bin gerade aber mehr so der Welt-Brennen-Sehen-Typ.

Mein Mitbewohner kommt enttäuscht zurück. Er sagt, die junge Dame war leider nicht sein Typ.

„Warum?", fragen wir.

„Kunden, denen diese Dame gefiel, sind meine Mitbewohner. Grüße von Linda."

Der Koriander fliegt aus dem Fenster. Ich möchte die Welt gerne löschen sehen.

„Es schmeckt ja, aber ich habe das Gefühl, da ist wirklich viel Weißwein an dem Fisch", sagt das Mädchen und nimmt einen Schluck aus ihrem Glas. In dem Weißwein ist. Das S steht für Vielfalt. Sie lächelt ein wenig milde und ich grimassiere zurück. Ich finde die Scholle gut so, wie sie ist, aber das liegt wohl auch daran, dass ich abschmecken musste. Was ironischerweise das Gegenteil zur Folge hatte, ich schmecke nämlich nichts mehr.

„Bist du Leonie von Tinder?"
„Nicht so laut."
„Tschuldigung. Bist du Leonie von Tinder?", flüstere ich.
„Ich hab' dich schon beim ersten Mal verstanden. War ja nicht schwer. Außerdem, wer klingelt sonst an deiner Tür?" Ich sehe ihren Einwand und bitte sie herein.
„Wohnst du alleine hier?"
„Nein, ich habe einen Mitbewohner."
„Ach, und wo ist der so?"
„Der hat Buchclub."

Ich biete Rotwein nach dem Essen an. Glaube ich zumindest, denn ich bin so voll, es könnte auch einfach Chiliöl sein.
„Und du machst Poetry Slam? Ich finde das ja super!"
Es ist Chiliöl.
„Ich hab' dich, glaube ich, auch schon mal gesehen!"
Schmeckt eigentlich ganz gut.
„Im Bunker oder so!"

Schmeckt doch nicht so gut. Ich entwende unauffällig das Glas.

„Warum nimmst du die Gläser wieder mit?"

Ich entwendete auffällig das Glas.

„Och, der ist nicht... äähhh. Trocken. Genau. Sondern nass."

Demonstrativ schwippe ich den Glasinhalt hin und her.

Leonie guckt mich verstört an. Ich drehe mich um und suche Rotwein. Ich finde nur Champagner. Was soll's.

„Und du studierst Jura? Boah, ich hoffe ja, du bist nicht so ein Klischeejurist Hahahaha!"

„Hahaaaa, Neeeein", dröhne ich viel zu laut und vor Lachen fällt mir die Champagnerflasche auf den Perser. Woraufhin sie zerberst und der Korken den neuen Koriander tötet, den wir Apollo 13 getauft haben.

„Alles in Ordnung", fragt Leonie von Tinder.

„Alles gut. Mir ist das Chiliöl runtergefallen", rufe ich aus der Küche zurück. Ich suche den billigsten Rotwein im Regal.

„Hast du denn noch Rotwein?", fragt Leonie. „Ich trinke sehr gerne Rotwein übrigens."

Ich suche nach einem Rotwein, der gleichzeitig nicht zu Jura und gleichzeitig nicht zu Aldi ist. Ich bin allerdings so betrunken, dass ich ganz vergessen habe, dass wir ein Bierhaushalt sind.

Leonie kommt in die Küche und beäugt die auf dem Boden auslaufende Flasche Allzweckreiniger, die ich immer noch für Champagner halte.

„Wolltest du gerade putzen?", fragt Leonie scherzhaft.

„Nein, ich habe eine Putzfrau", antwortet der Jura-Student.

Sie guckt mich etwas skeptisch an.

Ich versuche ein Ablenkungsmanöver und werfe aus Versehen das Chiliöl zu Boden. Ich vergesse, es wie ein Versehen aussehen zu lassen.

„What the Fuck?", sagt Leonie. Sie hat wohl Recht.

Ich versuche ein wenig mit Poetry Slam anzugeben, um die Situation zu vereinfachen. Dies tue ich allerdings viel zu zusammenhanglos.

„Ich hab' übrigens schon mal Meisterschaften gewonnen!"

Ich werde bekloppt. Es klappt.

„Cooooooäääääl!", sagt Leonie und scheint wieder eine stärkere Libido zu haben.

„Ja, gehört natürlich auch viel Glück dazu", spule ich mein übliches Manuskript der Bescheidenheit ab. Irgendwo anders weint gerade ein talentierterer Kollege in seine Getränkemarken.

„Du könntest ja auch hierüber einen Text schreiben", gluckst Leonie und ich merke, dass Leute, deren Geräusche man als *Glucksen* beschreiben muss, gar nicht mal meiner Libido so förderlich sind.

„Ich mach das mal weg", sage ich, um irgendwie wieder von dem von mir begonnenen Thema abzukommen und hole Spüli zum Wischen.

„Und ihr Juristen wischt also Flecken mit Champagner weg?"

Ich schaue auf meine Hand. Sie hat recht, der Spüli ist Champagner.

Ich lasse den Champagner ploppen und sprühe Leonie damit voll. Anschließend haben wir hemmungslosen Sex auf dem Perser.

Haha. Nein. Sie ist gegangen. Und der Perser ist übrigens eine Fälschung.

„Schon wieder ein neuer Trennungstext?" Die Kollegenschar ist sichtlich enttäuscht ob meiner fehlenden Originalität.

„Naja, was soll ich sagen, gibt's halt immer noch etwas Neues!" Ich druckse traurig herum und erhoffe mir, dass mir Mitleid die freundschaftliche Verurteilung der Belanlosigkeit erspart.

„Boah, das ist halt schon echt ein bisschen traurig."

Es gelingt mir nicht.

„Aber gut, solange es sich immer noch aufstaut, muss das wohl zu Papier."

Es gelingt mir doch.

„Das Bier ist alle!", tönt es durch den Backstage.

„Das Bier ist alle!", tönt die schockierte stille Post in Richtung der Veranstalter.

„Die Künstler sagen, das Vieh ist rallig!"

„Was soll das denn heißen?"

„Keine Ahnung, ist das vielleicht ein Code? Wer weiß, was diese *Künstler* so miteinander machen."

Es wird beratschlagt, ob man den Schmerz einer Trennung in darin verarbeiteten Texten messen kann.

„Also, im Quartett wäre Basti da auf jeden Fall maximaler Wert", wird von einer Seite gepöbelt.

„Ja, und du dafür im Bereich: Nazis-sind-blöd-und-ich-bekehre-sie-durch-meine-Texte", werde ich von anderer Seite verteidigt.

Ein Typ von der Bar kommt herein und stellt eine Milka-Kiste randvoll mit Kondomen in den Kühlschrank. Die Hälfte aller Anwesenden hinterfragt diese Lieferung gar nicht.

„Ach, lass Basti doch machen, was er will!"
Danke.
„Sein Leben ist schon traurig genug."
Ey.

Wir haben ein Quartett gebastelt, mit verschiedenen Werten. Beeindruckend viele schneiden in der Wertung „Gelungene Doppelreime" sehr schlecht ab. Aber das muss keine Sorge in meiner Hirnkartoffel sein,
denn ich kann wirklich klasse Doppelreim.

Ich bekomme die schlechteste Wertung bei Doppelreimen, da ich das eben versehentlich laut gesagt habe.
„Das Bier ist immer noch alle!", tönt eine Stimme.
„Das Bier misst Kalle", halt das Echo.
„Das Tier frisst Kalle!", ruft der Ausguck.

„Wer zum Teufel ist Kalle?", fragt der Barmann verzweifelt.
„Und seit wann haben wir Waschbären?"
„Ich weiß nicht, ob das ein Waschbär war", antwortet der Kollege.
„Ich habe eindeutig Waschbär verstanden!", echauffiert sich der Barkeeper.

Aschenbecher. Wir brauchen einen Aschenbecher. Das einzige, was wir kriegen, ist jedoch ein Kollege vom Tierheim, der einen Ameisenbär sucht. Und ein Bestatter, der mitteilt, dass er die Familie eines gewissen Kalles hier abholen solle, die scheinbar an einem tragischen Unfall verstarben.

„Fragt doch Florian, der hat die höchste Wertung im Bereich *Tote pro Text*", sagt Lucia, die sich offenbar in dieser Wertung übergangen fühlt.

Der Bestatter fragt tatsächlich Florian. Florian kennt sogar einen Kalle, der allerdings in Frankfurt an der Oder wohnt.

„Wie, ich habe Sie gerufen, weil ein gewisser Kalle in Landsberg im Koma ruht?", regt sich der Barmann auf.

„Jetzt sei doch nicht so zickig", versucht sein Kollege ihn zu beruhigen.

„Fickig? Wer ist hier fickig!" Der Barkeeper verliert etwas an Contenance.

„Entschuldigung", sagt Florian. „Ich wurde hergeschickt, weil ich die höchste Wertung bei *Bier pro Backstage* habe und mal fragen wollte, ob ihr noch welches habt."

„Uh guckt mich an, ich bin Florian, ich habe hohe Wertungen", pöbelt Lucia aus dem Backstage.

Am Ende des Abends hat sich das Kartenspiel besser verkauft als alle Bücher der Anwesenden zusammen. Das Bier ist allerdings immer noch alle.

„Wie, du hast wieder 'ne Freundin?" Diese Ungläubigkeit. Die Fassungslosigkeit in den Gesichtern ist fast greifbar, was unter anderem wohl auch daran liegt, dass Gesichter theoretisch wirklich greifbar sind. „Wo hast du die denn her?", kommt die übliche Frage, die wahrscheinlich jeder kennt, der eine Freundin hat. Ich habe übrigens eine Freundin. „Joa", sage ich und vermeide damit gekonnt die Antwort. Tatsächlich fällt es wohl auf, dass ich meine Freundinnen grundsätzlich nur aus zweierlei bereichen habe. Studium. Und Poetry Slam. Da ich allerdings seit nunmehr drei Jahren eher passiv studiere, fällt Leute mit nicht komplett desalkoholisierten Synapsen die Antwort eigentlich nicht so schwer. „Tinder?!", fragt einer besagter Freunde, bei dem sich die Gehirnzellen tatsächlich schon längt in Lachen Gins verabschiedet haben.

„Richtig, auf Tinder gibt's nämlich auch Leute, die wirklich Menschen kennenlernen wollen", redet sich mein Mitbewohner seine neue Freundin gut. Drei Mal dürft ihr raten, wo die herkommt. Richtig. Aus meinem Studiengang. Aber bevor man sagt, dass man Leute über's Jurastudium kennengelernt hat, gibt man lieber vor, man habe sie auf Tinder kennengelernt.

Eine Vielzahl an mir unbekannten Menschen rätselt nun gemeinsam, wo ich denn meine neue Freundin herhaben könnte.

„Wie ist das heute eigentlich mit den Frauen aus den Philippinen?", flüstert eine nie gesehene ältere Dame, wie ältere Damen halt flüstern, in die Runde. Also mit der Dezibelstärke eines Mähdreschers.

Noch beleidigender ist allerdings, dass dieser Vorschlag überzeugt in den Fundus der Fundusmöglichkeiten aufgenommen wird.

„Und, ist sie... normal?", fragt meine Mutter besorgt, die auf den Anruf meines besten Freundes ob der schockierenden Nachricht sofort hergeeilt war.

„Ich glaub' ja nicht, dass das stimmt", sagt ein junger Herr mit Hornbrille und Aluhut, der sich ebenfalls dazugesellt hat. Wie sind die eigentlich alle in meine Wohnung gekommen?

„Manchmal werden Dinge halt wahr, wenn man sie nur oft genug sagt", sagt Julia und wird wenige Sekunden später heimlich im Garten verscharrt.

„Mit mir wird es keine Große Koalition geben", sagt Martin, dessen Nachbar ich übrigens bin.

„Hallöle!", sagt Angela und wenige Minuten später sind sie und Martin im Nebenzimmer verschwunden.

„Wann lernen wir sie denn kennen?", fragt die ältere Dame.

Ich blicke sie etwas verdutzt an, da ich gerne die ältere Dame erstmal selber kennenlernen möchte, bevor ich ihr irgendwen vorstelle.

„Und was wird jetzt aus uns?", fragt mein Jahresvorrat Klinex aus dem Vorratsregal.

„Keine Sorge, sie wohnt nicht hier", sage ich und hinterfrage nicht eine Sekunde, dass ich vor meiner Mutter und meinen besten Freunden erstmal ein paar Taschentüchern antworte.

„Beschreib sie doch mal!", fordert meine Mutter.

„Lebt und atmet."

Fassungslosigkeit macht sich breit. Damit wurde nicht gerechnet. Jemand ruft zur Sicherheit einen Krankenwagen in der Angst, dass jemand zeitnah kollabieren könnte.

„Und du bist dir ganz sicher, dass du sie dir nicht einbildest?", fragt der Rettungssanitäter und hält mir offerierend eine Zwangsjacke hin. Meine Mutter weint vor Ungläubigkeit. Die Klinex freuen sich über einen neuen Verwendungszweck.

Mein Mitbewohner verdient sich am Eintritt eine goldene Nase. Ich bezweifle, dass er das dem Haushaltsgeld zukommen lässt. Die ältere Dame macht gute Straßenwerbung, da sie ihrer Fassungslosigkeit vor der Tür freien Lauf lässt.

„Ich würde ja gerne sagen, dass ich sie beruhigen kann, aber es sieht nicht so gut aus", klärt der Sani meine Mutter auf. Mein Mitbewohner bietet mittlerweile an der Tür auch Klinex-Tücher zu einem guten Preis an.

„Halt, die brauche ich vielleicht noch!", versuche ich ihn aufzuhalten, da ich kein Freund zu stark Präbeziehungsoptimismus' bin.

Der junge Mann mit Aluhut hat inzwischen ein zweites Unterhaltungsprogramm eröffnet und versucht anhand eines flachen Tellers zu erklären, dass Dinge ja nicht so flach wären, wenn es eine Erdkrümmung gäbe. Der Schar scheint dies glaubhafter als meine Erzählungen über meine vermeintliche Freundin. Meine Mutter hat inzwischen einen Aluhut auf.

„Ich würde gerne noch mit meiner Freundin skypen, könntet ihr bitte gehen?", versuche ich mein Glück, alle anwesenden Menschen loszuwerden.

„Das will ich ja wohl mit eigenen Augen sehen!", sagt ein Blinder.

„Ich halte das glaube ich nervlich nicht durch", sagt der Türsteher, den mein Mitbewohner aufgrund des Menschenzuflusses angeheuert hat.

„Hallo, Schatz!", versuche ich mein Glück.

„Du nennst mich nie *Schatz*. Ist irgendwas nicht richtig?"

„Ne ne, alles ganz normal." Die 193 Menschen, die sich um den Kameraradius gescharrt haben nicken allesamt ungesehen.

„Easy peasy, lemon, squeeeezy", singsange ich hinterher.

Meine Freundin guckt mich skeptisch an.

„Und?", versuche ich normal zu sein. „Irgendetwas Neues?"

„Ja, meine Oma ist gerade in Hamburg."

„Ach, das erklärt, warum die alte Dame zu weinen angefangen hat, als sie dich auf dem Laptop gesehen hat."

„Was für eine alte Dame?"

„Och", mache ich.

„Ist das Martin Schulz dahinten mit einer Packung Klinextüchern?!", fragt die Freundin mich unverhältnismäßig erschüttert.

„Bürgernah, ne!"

„Ich glaube nicht, dass alles normal ist bei dir."

„Bitte verlass mich nicht."

„Verlass ihn nicht!", ruft meine Mutter aus dem Bildrand.

„Verlass ihn!", weint die alte Dame aus dem anderen Bildrand.

Ich finde, es hat ein bisschen die Engel-Teufel-Konstellation, nur dass sich die beiden Fantasiegestalten leider auf der falschen Seite der digitalen Kommunikation befinden.

„Wollen wir später reden?", schlägt meine Freundin vor.

„Gute Idee!", sage ich.

„Das ist ja wirklich kaum zu glauben."

„Sieht sogar ganz gesund aus!"

„Naja, ideal ist anders, aber mein Gott."

„Wo habt ihr euch denn kennengelernt?", fragt eine der umstehenden Schaulustigen.

„Über'n Poetry Slam", sagt meine Freundin über ihren zugeklappten Laptop und hofft, dass irgendjemand jetzt die Menschenmassen aus ihrer Wohnung entfernen möge.

Sind wir ehrlich. Ab einem gewissen Alter ist in jeder Beziehung alles, was man so macht, nicht mehr das erste Mal. Meine letzte Freundin hat, als ich mit ihr Sex im Auto haben durfte (bitte für das Bild), auf meine Aussage, dass ich das noch nie gemacht habe, nur gesagt: „Hahaha, guter Witz!... Oh, was? Autsch."

Ich weiß nicht mal mehr, wie mein erster Kuss war. Ich kann nur unterstellen, dass ich wahrscheinlich die profitierende Partei war. Ich weiß noch nicht mal, wie viele Leute ich schon geküsst habe. Ich kann das nicht mal bei Männern mehr so wirklich zählen. Da sag noch einer, die Hamburger können keine platonische Liebe!

In einer Beziehung ist es immer undankbar, dass man viele gemeinsame erste Male nicht mehr als außergewöhnlich wahrnimmt. Und dass einer von beiden meist irgendetwas schon mehr gemacht hat. Deswegen will man die meisten ersten Male einfach schnell hinter sich bringen. Da jetzt eh alle grundsätzlich nur an Sex denken werden, können wir auch einfach direkt über Sex reden.

Ich habe, glaube ich, noch nie wirklich gut mit jemandem zum ersten Mal geschlafen. Bis zu meiner neuen Freundin.

Für mich war das eine wunderbare Erfahrung, da man sich als Mann ja gerne mal ein koitales Versagen schnell auf die eigenen Fahnen schreibt. Nun begab es sich also, dass ich, im Angesicht des ersten physischen Kontaktes meiner manuellen

Extremitäten mit dem Corpus delicti der derzeit Angebeteten, nicht sofort irgendwas umwarf, oben und unten der Frau verwechselte oder ihr versehentlich ein Bein amputierte. Nein, ich tat wohl gut. Ich bemerkte das nun aber so schnell, dass das vielleicht auch dem Ganzen etwas an Magie nahm.

„Hui, war das gut", sage ich.

„Äh, was?", sagt meine Freundin, die gerade mal ihre Hose halb ausgezogen hat.

„Naja, soweit bin ich noch nie gekommen, ohne dass es vorbei war", euphorisiere ich mich in authentischer Begeisterung.

„Und du fragst dich gerade wirklich, warum?", kritisiert die Frau, die sich entschieden hat, mir mir längerfristig Zeit zu verbringen. Schön blöd von ihr.

„Och!", sage ich und zünde mir die Zigarette danach an.

„Soll ich mich jetzt wieder anziehen?", fragt die Frau.

„Ne, ich möchte noch kuscheln", sage ich und nehme ein Kondom aus dem Portemonnaie, nur um es sofort in den Mülleimer zu schmeißen.

„Also, ich bin's ja gewohnt, dass ich nicht bis ganz zum Schluss komme", analysiert meine Freundin. „Aber das ist neu."

Yes, ich habe ihr ein neues erstes Mal beschert, denke ich.

„Was wird das denn jetzt? Ich hätte jetzt schon gerne mit dir geschlafen!"

„Halloooo?", sage ich ins Telefon, da ich gerade die Mutter meiner Freundin angerufen habe. „Ja, schön, dass wir uns endlich mal kennenlernen! Ja. Jaaa!"

Meine Freundin hat einen Blick der Reue in ihren Augen, der mir nur zu sehr vertraut ist.

„Bist du irgendwie ein bisschen dumm?", fragt sie mich, aber nicht auf die Art, wie man das tut, um Leute anzukeifen, sondern eher so ernst.

„Nein! Guck mal, ich habe uns spontan einen Flug nach Paris gebucht. Erster Urlaub und so!"

„Ja, aber hä? Was? Ok, also Paris ist natürlich toll! Wann denn jetzt so spontan?" beschwichtigt sich meine Freundin ein bisschen.

„Gestern sind wir gelandet!", hopse ich fröhlich herum. „Unser erster Urlaub war bestimmt schön!"

„Ich bin mir mit uns gerade irgendwie nicht mehr so sicher", seufzt meine Freundin und scheint ihr Leben an sich zu hinterfragen.

„Aber wir waren doch heute morgen erst bei der Paarberatung!", bewutbürgere ich mich und halte ihr einen weiteren rückwirkend gemachten Termin hin.

„Wir haben uns bisher noch nicht mal gestritten", sagt meine Freundin und macht eine Hä-Was-Geste.

„Ich glaube, das haben wir gleich auch erleidigt", freue ich mich. „Du solltest übrigens mal duschen gehen, sonst kriegst du eine Blasenentzündung."

„Ich weiß, ich hatte auch schon mal Sex", sagt meine Freundin und vergisst für einen Moment selber, dass wir objektiv wohl eher keinen Sex hatten.

„Weißt du, ich war ja auch ein bisschen nervös vor unserem ersten Mal und habe mir auch verschiedene Szenarien ausgemalt", sagt sie.

„Wir können direkt Schluss machen, dann haben wir das erste Mal auch hinter uns", raste ich komplett aus.

„Ist nicht so schön, das kann man nur einmal machen, da will ich mir noch mehr Zeit mit lassen. Außerdem wird das auch nicht beim zweiten Mal besser", sagt sie und sie legt sich zu mir. Anschließend reden wir zwei Stunden über das, was uns an Paris am besten gefallen hat.

„Nein, nur weil Mono das spanische Wort für Affe ist, kommt Monogamie nicht automatisch von Affe", versuche ich meinem Mitbewohner zu erklären. Er und seine Tinder-Freundin haben jetzt eine offene Beziehung. Zumindest hat er das mit ihr so beschlossen worden, da sie sich gerne Tinder nicht löschen möchte, denn man wisse ja nie, wer noch so komme.

„Naja, aber wenn ein Gorilla seine Gorillafrau gefunden hat, dann weiß er ja nicht, ob es irgendwo nicht noch eine Schimpansin für ihn gibt!"

„Doch, das weiß er ziemlich sicher, denn ich glaube, das macht er nicht. Oder glaubst du, dass es irgendwo für dich noch eine Schimpansin gibt?" Ich stelle diese Frage zwar, aber bin der festen Meinung, dass alles über Fischotter eigentlich keine intelektuell angemessene Spezies für meinen Mitbewohner wäre.

„Also deine Freundin darf jetzt mit allen schlafen, mit denen sie das möchte und du auch?"

„Ja, toll, oder?", freut er sich.

„Geht. Möchtest du denn noch mit jemand anderem schlafen?", frage ich.

„Nein. Ich liebe sie ja", sagt mein Mitbewohner und ist sich keines Paradoxons bewusst.

„Findest du das nicht superwiderlich?", versuche ich zu eruieren. Ich bin einer der Vertreter der Kategorie, dass es einem egal sein kann, mit wie vielen Männern die Frau vor einem schon geschlafen hat. Dem territorialen Gorilla in uns drin sind es nämlich sowieso zu viele, da machen zwei oder zwölf nur selten den Brokkoli glutenfrei.

„Natürlich finde ich die Vorstellung abstoßend", pflichtet mein Mitbewohner bei, als sei dies ja eh der Grundkonsens dieser Debatte. „Aber wenn sie mit anderen schläft, kann ich das ja auch, dann muss ich daran nicht denken!"

„Du hast doch eben gesagt, du willst das gar nicht."

„Ja, aber beim Sex geht's ja auch nicht immer darum, ob man das jetzt wirklich zu 100 % will!"

Ich beschließe, auf diese Aussage prekären Ausmaßes besser nicht direkt zu antworten.

„Außerdem", führt er aus. „Es ist ja jetzt auch nicht so, dass sie dauernd mit anderen Männern schlafen möchte! Sie will ja nur, dass sie kann, wenn sie könnte. Das ist doch auch irgendwie Unabhängigkeit."

„Klar, aber du kannst auch ganz unabhängig deinen Kopf in den Backofen legen und dich darauf freuen, was passiert", schlage ich vor.

„Darauf haben wir uns aber nicht geeinigt", widerspricht er mir.

„Und wenn du weißt, dass sie gerade mit einem anderen Mann nachhause geht und du neben mir in der Küche sitzt, denkst du doch trotzdem darüber nach?", frage ich skeptisch. Mein Mitbewohner antwortet:

„Ja, dann falte ich einfach Origami-Kraniche." Anschließend hält er den siebten verkrüppelten Vogel aus Zewa hoch, den er innerhalb der letzten 30 Minuten gebastelt hat.

„Halbe Stunde?", sage ich und schaue ostentativ auf die Uhr.

„Hält ja ganz gut durch der Mann!"

Mein Mitbewohner steckt sich einen der Kraniche in den Mund und beginnt darauf herumzukauen.

„Ist das jetzt sowas wie Nachahmen-was-gerade-in-ihrem-Mund-passiert?", frage ich spitz und bereue eine Sekunde später meinen Zynismus.

„Ja, das machen die Gorillas immer so, wenn sie von ihren Damen betrogen werden", mampft er mir vor.

„Ich dachte, ihr habt jetzt eine *offene Beziehung*. Dann ist das doch kein Betrügen."

„Fühlt sich aber so an."

„Ja, sag' ich doch." Ich werde langsam ungeduldig.

„Naja, aber ist es ja nicht. Ich müsste jetzt halt nur auch Sex haben."

„Vergiss es", maule ich und rücke mit dem Stuhl zurück. Nein. Nicht das. Also. Man. Egal.

„Und wie war dein Abend?", höre ich meinen Mitbewohner seine offene Freundin durch's Telefon fragen.

„Ich? Ja, ich war zuhause. Ne, ich hatte auch Besuch. Ja, war mal was anderes. Aber dachte mir, kann man ja mal ausprobieren. Wie? Ach, mein Kommilitone? Nee, ist für mich natürlich total cool."

Ich sitze in meinem Zimmer und höre mir die Kakophonie an Lügen an, die mein Mitbewohner so aufzudichten hat. Dabei schaue ich mir an, wie in einer Tierdoku eine Truppe Gorillas einen Schimpansen vergewaltigt, um ihr Revier zu markieren. Immerhin lag ich heute auch mal falsch.

„Ähhhhh!"

Eigentlich wollte ich eben das Wort mit L sagen, doch irgendwie war das ja vielleicht dann doch zu früh.

„Hm?", macht meine Freundin erwartungsfroh, während sie von dem aus Rosen gemachten Zeppelin auf Venedig herunterschaut, wo 250.000 Haushalte darauf warten, zum richtigen Zeitpunkt ihre Lichter an und auszuschalten, damit auf dem Block in Lichterschrift „Ich liebe dich" erstrahlt.

„Schönes Wetter heute!", sage ich. Der Zeppelinfahrer, der Ryan Gosling ist, der extra für den Anlass einen Zeppelinflugschein gemacht hat, schaut mich mitleidig an.

„Ich liebe dich, Ryan Gosling!", sage ich zu ihm.

Er nickt nur, denn er kann kein Deutsch.

Meine Freundin schaut auf die Stadt, die merkwürdig asynchron unbeleuchtet ist.

„Und sonst so?", frage ich die Frau, die etwas verwirrt auf die Frage reagiert.

„Wie, und sonst?"

„Gibt's noch irgendwas Neues zu erzählen?"

„Ja, och. Mich hat letztens jemand gefragt, ob ich auf seinem Geburtstag auftreten will!"

„Nein? Ach, spannend!", sage ich, während aus dem Rosenzeppelin 100 Albatrosse aufsteigen und in die Abendsonne fliegen.

„Große Tauben haben die hier."

„Ja, aber wer hat dich denn gefragt wegen Geburtsag?!"

„Ach, so ein Typ, der hat mir über Instagram geschrieben."

„Der will bestimmt was von dir!", werde ich absolut angebracht eifersüchtig, während meine Freundin über der Abendsonne von Venedig meine Hand nimmt. Ja, ja, fummeln, aber mir nicht auf Instagram schreiben, ne.

„Ich mache das vielleicht, der wirkt nett", sagt meine Freundin mit der einzigen Intention, mich eifersüchtig zu machen.

„Ist schließlich für seine Verlobung." Jetzt will das Arschloch auch noch seine Verlobte mit meiner Freundin betrügen, nicht so, Freundchen.

„Außerdem will er ein Liebesgedicht für seine Freundin." Mhmmm, und dann wird in letzter Sekunde noch der Name geändert, wer kennt das nicht.

„Mir hast du heute nicht bei Instagram geschrieben", erwähne ich adäquaterweise zwischendurch.

„Wir sind seit drei Tagen im Urlaub."

„Das ist ein Grund, aber kein Hindernis!", stelle ich fest.

Mein Handy klingelt.

„Quando sará qualcosa?", fragt mich Luigi aus dem Rathaus.

„Fiat, Carbonara dal carta di crédito!", antworte ich beschwichtigend. Ryan Gosling nutzt die Gunst der Stunde, um auf der Geige zu spielen, was er extra für diesen Abend gelernt hat.

„Sei così stupido, la foresta pluviale sta cadendo a pezzi a causa tua", sagt Luigi und hat mir bestimmt ein Kompliment für meine liebevollen Ideen gemacht.

Meine Freundin schreibt auf Instagram mit diesem Typen. Bestimmt heißt der Felix. Die heißen immer Felix. Kann sie nicht einmal das Handy weglegen, denke ich, während Luigi mich durch den Apparat mit einem weiteren Reigen des Charmes bedeckt.

„Mir wird ein bisschen kalt", sagt die treulose Schlampe und schaut mich an. Frag doch deinen Scheiß-Felix, ob er dir sein Sakko leiht, denke ich und sage es laut auf Italienisch:

„Felicio stronzo Armani prestito prostituto!"

„Cual cosa?", fragt Luigi.

„Ob der dumme Hurensohn nicht einfach auch den Rest machen kann, wenn er schon meine Freundin ficken will!", dico e confondo le lingue.

Meine Freundin schaut leicht entgeistert.

„Wer ist Felix?", fragt sie.

„Das weißt du ganz genau!", sage ich und verschränke vorwurfsvoll die Arme. Sie auch. Wahrscheinlich, weil ihr immer noch kalt ist, aber das ist mir egal. Hinter meinem Rücken beginnt ein Orchester gemeinsam mit Ryan Gosling zu spielen.

„Bist du eifersüchtig?", fragt meine Freundin und ist sichtlich belustigt. „Ich weiß ja, dass du manchmal etwas verwirrt sein kannst, aber du musst doch nicht so muksch werden wegen sowas. Ich liebe dich."

„NEEEEEEEIN!", schreie ich und Luigi versteht das eindeutig als *Ja*, denn im Anschluss erleuchtet ein venedigweites *Ti Amo* bis in den Nachthimmel und aus dem Rosenzeppelin knallt ein Feuerwerk. Meine Freundin schaut nach draußen und ist sichtlich gerührt.

Dann dreht sie sich um und sagt das, was jeder erwachsene Mensch in einer derart romantischen Situation natürlich sagt: „NÄNÄNÄ, ICH HAB'S ZUERST GESAGT, NANA-NAAA!"

Ein Albatros fliegt ihr an den Hinterkopf und sie wird ohnmächtig.

„Ich liebe dich", sage ich zum Albatros.

Dann drehe ich mich zu Ryan Gosling.

„Na", sage ich zu Ryan Gosling. „Das lief ja mal scheiße."

Ryan Gosling nickt und nimmt meine Hand: „Ich weiß nicht, warum du mich ständig Ryan Gosling nennst, aber du bist echt süß." Ich bin entsetzt, aber kann mich gegen seine Hand irgendwie nicht wehren, denn es ist schließlich irgendwie Ryan Gosling.

„Aber jetzt sind wir ja unter uns", sagt er. „Ich bin übrigens der Felix."

Es ist niemals eine gute Idee, neue Beziehungen zu schnell in zu viele Bereiche des Freundes- und Familienkreises einzuführen. Man möchte sich und seinem Partner ja noch die Möglichkeit geben, einen Nimbus des Mysteriösen aufrechtzuerhalten. Besonders angenehm ist es sogar, wenn die Mutter der Freundin einen allerdings gar nicht als Partner kennenlernt, sondern mehr so als Typen, der einfach nur mit deiner Tochter schläft. Ja, hallo!

Ich weiß grundsätzlich nie genau, wie es eigentlich ist, als Mutter einen Eindruck vom Liebesleben seiner Kinder zu haben. Ich habe lange genug bei meiner Mutter gewohnt, dass sie sich sehr gut dran gewöhnen konnte, dass Menschen nicht lange im Dunstkreis bleiben. Nicht, weil ich der Stecher vor dem Herren bin, sondern weil die meisten Frauen Geschmack haben.

Ich sucke ziemlich im Kennenlernen neuer Mütter. Das Problem ist: Die kauft man ja gleich mit. Das ist vertraglich nie so ganz klar geregelt, aber ist irgendwo in den Tiefen der AGB wohl mit drin. Und anscheinend auch zulässig. Nun gibt es im Wesentlichen drei Arten, die Mutter seiner neuen Freundin kennenzulernen:

1. Der liebe zuvorkommende Schwiegersohn

Birgt den Nachteil, dass man sich sofort als Schwiegersohn etabliert und dann den Anstand haben muss, sich nicht zu schnell wieder rar zu machen. Was dazu führen kann, dass man sich länger mit dem Partner umhertreibt, als es dies eigentlich gut wäre. Man will aber eigentlich die Familie eben nicht verlassen. Gleichzeitig muss man alle seine schlechten Charakterzüge und vor allem auch Ecken und Kanten tief unter dem Vordach des zu Tode gebügelten Rollkragenpullovers verschachern. Wenn sich die Elternschaft der Neuesten als eine Unterstützertruppe fragwürdigen Gedankengutes im Hinblick auf Asylsuchende präsentiert, muss man als Schwiegersohn von jeglichen Bekehrungsversuchen absehen.

Gleichzeitig muss man als Schwiegersohn auch im Alltag nach Protokoll funktionieren. Wenn nach dem stets gemeinsam einzunehmenden Essen der Tisch abgeräumt wird, darf man die Aussage der Eltern, dass man nicht helfen dürfe, nicht nur nicht ignorieren, nein: Man muss militant dagegen anschleimen.

„Ach, das kommt ja überhaupt nicht in Frage, Sie haben sooo lecker für uns gekocht, da muss man sich doch irgendwie revanchieren. HAHAHAHA!"

Wenn einem dann im nächstliegenden Zeitraum aufgrund des makellosen Eindruckes das Du angeboten wird, hat man dies zuerst scherzhaft abzulehnen: „Aber dann merkt doch keiner mehr, wer der Freund ist, sooo jung wie Sie aussehen. HA-HAHAHA!"

Wenn man sich bis dahin noch nicht in einer nahegelegenen Toilette selber ertränkt hat, ist es ganz wichtig für längerfristige Aufenthalte im Elternhaus der Freundin, dass man auf jeden Fall als asexuelles Wesen wahrgenommen wird. Sätze wie: „Das Essen war echt klasse, so, wir gehen mal Verdauungsvögeln!", sollte man tunlichst vermeiden. Ein guter Schwiegersohn hat zuletzt noch ein gewisses Maß an Interesse zu heucheln. Jede Arbeit der Eltern, egal, wie alltäglich sie auch sein mag, ist als *faszinierend* zu titulieren.

„Sie sind Bäcker? Nein! Mensch, erzählen Sie doch mal, wie macht man eigentlich Brot, das ist sicher ein *faszinierender* Prozess!"

Nachdem man dann irgendwann bei der Polizei sitzt, weil man die gesamte Familie mit einer Streitaxt dahingemeuchelt hat, kann man immerhin noch sagen: Man hat es ja versucht.

2. Der coole Tochterbeschützer

Es bietet sich von vornerein an, der Ältere zu sein. Gleichzeitig sollte man darauf achten, dass der Vater möglichst keine deutlich überlegene Körperstatur hat. Oder noch schlimmer, die Mutter. Man muss das Haus bereits mit einer gewissen Scheissegal-Haltung betreten, als hätte man zu oft den Breakfast-Club geguckt. Bei der ersten Begrüßung sollte man sich nicht zu nahbar geben, sollten herzliche Familien auf die Idee kommen: Jetzt wird das Schwiegersöhnchen geknuddelt, streckt man provokativ die Hand aus. Duzen tut man die Eltern wie selbstverständlich von Vorneherein, tun sie ja schließlich auch mit dir!

Sich intensiv an Gesprächen beteiligen, ist keine gute Idee, denn dann wird man tatsächlich als eigenständiges Individuum aufgenommen, was man ja nicht will. Es geht ja einzig und allein um die Tochter. Gleichzeitig dient man der Partnerin dann als Projektionsfläche für alle Aggressionen gegen die Eltern, denn man kennt die ja eh kaum und kann dazu gar keine Meinung haben. Wenn dann irgendwann vor der Hochzeit der Vater mal ein „Ernstes Wörtchen, Hohoho!" mit einem reden möchte, dann erschießt man ihn einfach versehentlich beim Jagen, denn er ist einem ja eigentlich egal. Wenn man nicht jagen gehen sollte, dann erschießt man ihn trotzdem. Wenn man es nicht schafft, es wie einen Unfall aussehen zu lassen, sagt man der Polizei einfach: „Ach, das war ihr Vater?" So verliert man nicht den Eindruck, dass einem alles scheißegal ist außer der Frau. Und die Polizisten finden einen dann cool!

3. *Du selber sein*

Die dritte Möglichkeit ist wahrscheinlich die riskanteste. Mann kann versuchen, den Eltern der Frau einfach darzubieten, was man ist. Das Problem dabei ist, dass man von Anfang an dem Urteil des ersten Eindrucks ausgesetzt ist. Dem Eindruck, man sei nur da, um mal eben kurz die Tochter wegzubimmeln zum Beispiel. Dagegen kann man nicht aktiv anarbeiten, weil man sich ja vorgenommen hat, man selber zu sein. Und sind wir mal ehrlich, keiner von uns gehört im subjektiven Vergleich zu den wirklich lohnenswerten Formen des

Seins. Sonst wäre es ja auch die beste Form, man selber zu sein. Aber es ist immer besser, wenn man irgendwo ein bisschen rummanipuliert.

Gut, anhand des leichten Anklanges von Misantrophie kann man vielleicht erkennen, dass die Form des Ich-selber-Seins bisher nur mittelstarke Früchte in meiner Schwiegerliebtheit bewirkt hat. Wenn man merkt, dass man immer weiter in den Dung rutscht aufgrund der Tatsache, dass man halt man selber ist und dass inzwischen die ganze Familie denkt, man möchte nur einmal in die Tochter-Enkelin-Nichte reinhalten, gibt es noch einen Tipp – Schreiben Sie ein Buch. An die Mama meiner Freundin: Ich liebe Ihre Tochter, bitte, ich weiß, Sie haben einen Jagdschein.

Es begab sich zu der Zeit, als die zwei gen Heimat kehrten im Zustande geistiger Vernebelung ob Mengen feinsten Mets, den sie in einer naheliegenden Schenke zu sich nahmen. So fragte sie der Wirt im Fortlauf der Nacht, sodenn er ihnen noch einen einschenkte, was sie wiederholt bejahten. Nun war die Stimmung angespannt, als sie beide dem Nachteile der lockerliegenden Zungen anheim fielen. Und dies meint mitnichten die Goutierung gegenseitiger liebschaftlicher Befriedigung, denn das Feststellen einzelner Unwohlheiten im Schlosse ihres Daseins.

„Ich find's echt zum Kotzen, dass du mir dauernd nicht antwortest, Alter!" Das Einverleiben von Gossensprache in den gemeinsamen Talk ward nun Teil der Nacht geworden.

„Ja, muss man den ganzen Tag online sein? Nein, muss man nicht", beantwortete sie seinen Einspruch, indem sie nicht nur etwas stellte, was später als rhetorische Frage Bekanntheit erlangen sollte, sondern diese auch gleich respondierte.

„Man kann aber, wenn man Online ist, halt schreiben!" So führte er aus, was ihm anzusprechen eine Crux war, obgleich seine Intonation sich in den Untiefen hemmungslosen Suffes verlor.

„Ja, aber vielleicht will ich nicht immer."

„Ne, willst du wirklich nicht!"

„Oder, wenn ich dir schreibe, dir vielleicht auch richtig was zu sagen haben. Muss ja manchen Leuten mal so so antworten, mäßig!", druckste sie umher, wenngleich sie sich der Korrektheit ihres Arguments durchaus bewusst war.

„Digga, aber auch zwischendurch kann man ja mal, mäßig, Liebe dich, Leben ist geil, peace out!", ertönte seine Stimme durch die Giebeln des Fachwerks gen Marktplatz, was unlängst bereits die städtische Wächterschar auf den Plan gerufen hatte. „Vielleicht hab ich aber kein' Bock?!", vernahm man ihre Stimme bis deep in die streets, die sich stimmlich kaum von der Schrillheit der seinen abhieb, aber wesentlich erkennbar war durch den Gebrauch des Adverbs zur Angabe des Potentials. Dies ward ihr Standardargumentationsinstrument.

„Dir ist doch total egal, dass mir das halt wichtig ist, man!", stellte er erneut im Duktus eines Herren fest, der kaum noch der Vernunft empfänglich war.

„Manchmal habe ich das Gefühl...", führte er in Worten fort, die über Generationen bekannt waren als Indikator für allumfassende Vorwürfe, „dass meine Gefühle dir gefühlt total wayne sind!" Er ließ die Intensität der quantitativ hochwertigen Nutzung des Wortes *Gefühl* einen Moment in Richtung der Sternennacht verhallen, bis er mit sich im Geiste zufrieden die Arme sinken ließ.

„Whatever", sprach sie im Bewusstsein, dass sie der anglikanischen Sprache mächtig war. „Dann beschwer dich aber nicht, wenn ich dir mal nichts zu erzählen habe."

„Tue ich doch nie!"

„Doch."

„Quatsch."

„Andauernd!"

„Du sollst nicht immer Worte wie *immer, dauernd* und so benutzen."

„Wenn's halt stimmt!"

„Ach, leck mich doch!"

„So diskutiere ich nicht."

„Wir diskutieren nicht, wir streiten!"

„Du weißt, was ich meine!"

„Selber doof."

Schweigen umhüllte die Nacht, denn Worte des Zornes waren gesprochen und die Zunge der Vernunft unlängst verstummt. Irgendwo zirpte ein Eichelhäher, was im städtischen Geruhen der Nacht kaum wahrscheinlich ist, aber aufgrund des Stils dieses Textes dennoch so war. Und die beiden waren ob des hohen Metkonsumes nicht mehr länger des Auseinandersetzens fähig und beschlossen, all ihr Zwisten auf das Grauen des Morgens zu verlegen. Doch sollte es niemals dazu kommen, denn sie vergaßen die Kleinigkeiten, die sie nachts umtrieben, denn am Morgen krähte das Horn eines Rettungswagens durch den Korridor ihres Wohnortes und erinnerte sie daran, dass es nach so viel schönerem zu trachten gilt, was des Erzürnens wert war. Und wenn der Scheiß-Rettungswagen ihren Schädel wegen des Möderkaters nicht zum Platzen gebracht hat, lebten sie glücklich bis an ihr Lebensende.

Ich stelle fest, dass ich manchmal lange brauche, um eigentlich festzustellen, dass ich nicht immer mit allen Leuten übereinstimme. Oder sie mit mir. Oder meine Freundin mit mir.

„Du trinkst in letzter Zeit viel zu viel!", beschwert sich die Frau, die ich inzwischen als wichtig für mein Leben beschreiben würde.

Mir fällt vor Empörung ein Sixpack in den Sangriaeimer.

„Wohl gar nicht!", mache ich meiner Empörung verbal Luft.

„Doch, total. Und dann das Rauchen!"

Ich schlürfe das Bier-Sangria-Gesöff durch einen Strohhalm und stelle fest: Lohnt! Ballert!

„Daff find if wirklif biffen unvermittelp!", nuschel ich durch den Schlitz, den mein Mund zwischen Zigarette und Strohhalm noch offenbart.

„Aufferdem ift Wochenende!"

„Es ist Montagnachmittag."

„Ich bin Künstler, das zählt als Wochenende", kläre ich Rücksicht nehmend auf die mir ins Gesicht geschmetterte Unbildung auf.

„Nein. Das zählt als Wochenanfang."

„Blablablaaaa!", mache ich und gewinne damit die Diskussion.

„Ne, mal ehrlich, das muss sich ändern."

Ich gewinne damit die Diskussion nicht.

„Ich rauch' doch schon viel weniger", maule ich.

„Nur, weil du die Kippen von der Schachtel in ein Döschen tust und sie deswegen nicht mehr zählen kannst, ist es deshalb noch kein Reduzieren."

Gut, da hat die Frau recht.

„Aber ich trinke auch weniger. Heute trinke ich zum Beispiel ein Sixpack weniger!", sage ich und deute auf den Sangriaeimer, in dem das Bier zwischen einigen traurigen Scherben schwimmt.

„Du hast auch übrigens schon wieder ein Sixpack weniger", sagt meine Freundin und deutet auf meinen Bauch.

Ha, den Punkt gewinne ich, denn ich hatte nie ein Sixpack, seitdem wir zusammen sind. Hauptsächlich, weil ich viel zu viel trinke.

„Ich trinke nicht zu viel!", halte ich fest.

„Dann kann ich ja auch sagen, du machst zu viel Sport. Hast du mal über die Konsequenzen nachgedacht? Du könntest beim Joggen an einer Sauerstoffvergiftung sterben."

„Nein", macht sie mein Argument eloquent zu Schall und Rauch.

„Du trinkst zu viel!" Wir stehen im Club und sind beide unterschiedlich zufrieden mit der Gesamtsituation.

„Stimmt gar nicht, lass mich! – noch ein Bier bitte!"

„Ich bin der DJ", sagt der Mann hinter der Bar, die geschickt als DJ-Pult getarnt ist.

„Cool! Was ist denn jetzt mit meinem Bier?"

„Guck dir dich mal an!", sagt meine Freundin, die stocknüchtern ist, weil sie mal wieder keinen Alkohol trinkt. Soo erwachsen.

„Ich will doch nur noch ein Bier!", sage ich, wie es Männer halt sagen, wenn sie *noch ein Bier* zu ihrer Freundin sagen.

„Hey, du tanzt voll gut, wollt' ich mal sagen!"

„Alter, Basti", sagt das Mädchen, dass ich gerade angesprochen habe und das immer noch meine Freundin ist.

„Lust auf ein Bier an der Bar?", frage ich und deute zum DJ-Pult.

„Muss ich mir Sorgen machen, dass du wenn ich *Nein* sage, besoffen fremde Frauen angräbst."

„Psssscht, nich' so laut, meine Freundin ist hier irgendwo!"

„Tschuldigung, wo finde ich denn hier die Bar?", schaltet sich ein Dritter ein.

Ich deute zum DJ-Pult.

„Ich mach' auch Poetry Slam!", sage ich begeistert. Meine Freundin ist nicht begeistert.

„Darf ich jetzt weiter tanzen?", fragt sie lieb.

„Gefall' ich dir nicht?", lalle ich.

„Jetzt, wo du fragst, ne, irgendwie nicht so."

Meine Freundin zieht von Dannen und lässt mich perplex zurück. Der DJ gibt mir ein Bier und ich gebe ihm zwei Euro.

„Darf ich mir was wünschen?", fragt die Frau.

„Nee, lass den Mann seine Arbeit machen", sage ich und verteidige meinen Barkeeper.

Meine Freundin shaket mittlerweile, wie es für sie so üblich ist, durch die Menschenmasse. Die wortwörtlich eine Masse ist, denn ich kann den Knäul an verschiedenen Röhrenjeans nicht mehr wirklich unterscheiden.

Meine Freundin kommt vorbei, um mir einen Reviermarkierungskuss zu geben, da ich gerade selber nicht mehr imstande bin, das eigenständig in die Hand zu nehmen.

„Der Typ da ist voll nett", sagt sie und zeigt auf eine Gruppe Jungs, die sichtlich enttäuscht sind, dass meine Freundin ihnen heut' weder zur pirschbaren Verfügung steht, noch anscheinend einen halbwegs nachvollziehbaren Männergeschmack hat.

„Ey, das' meine Freundin, auf die du da zeigst", pöble ich meine Freundin an und deute auf das Menschenknäul, in dem irgendwo meine Freundin ist.

Sie schüttelt nur den Kopf und geht wieder mit den Jungs tanzen, von denen zwei offensichtlich immer noch Lust haben, mit ihr Zeit zu tanzen, obwohl sie nicht rangelassen werden. Oder sie wittern ihre Chance darin, dass meine Freundin irgendwann im Laufe des Abends noch zur Vernunft gelangt.

Ich stehe im Klo vor'm Spiegel und versuche, meine Nasenspitze zu berühren. Neben mir singt ein Typ: „Ich gehe in meine Taverne, und meine Taverne in mir!"
Eine Gruppe Mädchen kommt rein. Wir sind überrascht, denn wir sind im Mädchenklo, da Frauen ab einer gewissen Uhrzeit nur noch in Männerklos gehen, in der Erwartung das Frauenklo sei voll. Ist es auch, denn vier Männer sind in sämtlichen Kabinen.
„Was wollt ihr denn hier?", frage ich nuschelnd.
„Wir hätten gerne zwei Sekts!", lallt die junge Dame.

„Ich bin der DJ", sage ich und mache eine DJ-Bewegung. Der Typ neben mir arbeitet mit und remixt das Tavernelaufenlied mit *Wannabeer* von den Spice Girls.

„Kannst du auch was von David Guetta?", fragt das Mädchen.

„Da muss ich erst meine Freundin fragen", sage ich.

„Wo is'n die?", fragt das andere Mädchen.

„Auf dem Männerklo", sage ich.

„Wo warst du?", fragt meine verschwitzte Freundin als ich zurückkomme und sie an der Bar treffe.

„Mit zwei Mädchen und 'nem Typen auf dem Damenklo", sage ich. Es zeugt von tiefgehender Liebe, dass sie dies gar nicht hinterfragt.

„Wo sind'n deine neuen Freunde?", frage ich.

„Auf'm Männerklo, sich irgendwas aufreißen."

„Achso."

„Tschul'igung", sagt der DJ und drängt sich zwischen uns an die Bar. „Muss hier einmal kurz auf Klo."

Ich schreibe mit meiner Ex-Freundin. Bis auf meine Freundin finden das alle Menschen komisch.

Mein Mitbewohner schaut mich skeptisch an.

„Willste noch was von ihr oder wie?"

„Ich habe eine Freundin."

„Ja, ich hab' die Rundmail bekommen. Aber mal ehrlich, willst du dir die warmhalten?"

„Wieso sollte ich, mein Ofen ist voll aufgeheizt."

Ich bin sehr zufrieden mit der Metapher.

„Scheiß Metapher."

Mein Mitbewohner ist nicht zufrieden mit der Metapher. Er ist ein wenig frustriert, weil er sich kürzlich von seiner Freundin getrennt hat. Ich möchte nicht sagen, es war zu erwarten, aber selbst ein Grundschüler mit Mathelernschwäche konnte damit rechnen. Manchmal bin ich zwar sehr schadenfroh, aber schäme mich dafür im Anschluss jedes Mal auch gar nicht. Jedes Mal, wenn bei uns jemand aus Angst vor seinem Staatsexamen anfängt, in der Bibliothek zu weinen und Eis zu essen, finde ich das sehr amüsant. Bis mir dann einfällt, dass ich dasselbe studiere, woraufhin ich frage, ob ich mit der Person Löffelchen machen dürfe.

Die meisten sagen übrigens ja.

Mein Freund Tofuschnitte steht in der Tür. Er hat sich gerade von seiner Freundin getrennt. Ich biete ihm Eis an, dass ich seit kurzem immer in Wochenvorratsrationen in der Truhe lagere. Mein Mitbewohner und Tofuschnitte kotzen sich darüber aus, wie schrecklich Frauen seien, dass sie ja so gerne schwul wären, hahahahahaha, dann fangen sie an zu weinen und kriegen Bauchschmerzen. Ich würde ja Mitleid haben, aber mir fällt dazu nicht mehr ein als: „Ach, Jungs, ich hab' das schon so oft durchgemacht, daran gewöhnt man sich."

Und das ist ja noch nicht einmal wahr. Trennungen bleiben scheiße, im Gegenteil, es wird ja eher schlimmer. Man denkt immer, jetzt macht man's besser und dann stellt man fest: Ne, doch nicht. Spontan halte ich es für eine gute Idee, mich zu vergewissern, ob meine Freundin mich noch liebt.

Während ich am Handy fummele, sind die Jungs in der Alle-Frauen-sind-gleich-Phase.

Ja, sind sie. Es sind nämlich alles Frauen.

Mein Mitbewohner fragt Polizisten-Tofuschnitte, ob er sie nicht einfach verhaften könnte. Wegen Veruntreuung oder so. Oder einfach Mord.

„Sie hat die Liebe getötet!", stellt er erbost fest.

Tofuschnitte überlegt ernsthaft, seine Kollegen anzurufen. Der Jurist in mir möchte ihn aufhalten, der Mensch in mir stachelt ihn weiter an, da das nur lustig enden kann.

„Sorry, Sie müssen dringend zum Revier kommen, Sie sind des Mordes gegen die Liebe verdächtigt", labert Tofuschnitte in das Handy meines Mitbewohners, mit dem er dessen Ex-Freundin anruft. Sie fällt überraschenderweise nicht drauf rein und legt auf.

„Warum hast du denn nicht von deinem Handy angerufen? Dann kennt sie die Nummer wenigstens nicht", versuche ich den Schwachsinn irgendwie wieder in die Bahnen zu lenken.

„Naja, dann weiß sie ja nicht, welche Liebe sie meint!", rationalisiert Tofuschnitte zurück. „Aber ich versuch's nochmal!"

„Sorry, Sie müssen dringend zum Revier kommen, Sie sind des Mordes gegen die Liebe verdächtigt", labert Tofuschnitte in sein Handy. Sie fällt überraschenderweise nicht drauf rein und legt auf.

„Hab' versehentlich meine Freundin angerufen!", sagt Tofuschnitte traurig.

„Mach' nochmal!", stachelt mein Mitbewohner ihn weiter an.

„Sorry, Sie müssen dringend zum Revier kommen, Sie sind des Mordes gegen die Liebe verdächtigt", labert Tofuschnitte in sein Handy. Sie fällt überraschenderweise nicht drauf rein und legt auf.

„Was war denn jetzt?", fragt mein Mitbewohner.

„Naja, sie ist wieder nicht drauf reingefallen!"

„Hast du wieder *deine* Ex-Freundin angerufen?", rate ich ins Blaue.

„Er hat doch gesagt ,Mach nochmal!'."

Mein Mitbewohner ist sauer. „Dann mach's nochmal von Bastis Handy."

„Oh, aber ganz sicher nicht", wehre ich mich. Vergeblich.

„Sorry, Sie müssen dringend zum Revier kommen, Sie sind des Mordes gegen die Liebe verdächtigt", radebrecht Tofuschnitte in mein Handy. Sie fällt überraschenderweise nicht drauf rein, weiß nicht, was man von ihr will und verlangt Basti zu sprechen.

Er hat meine Ex-Freundin angerufen.

„Oh. Hi. Ja. Linda. Mensch." Ich reihe Wörter aneinander, die sich objektlos als Sätze einzufügen haben.

„So müsst ihr immerhin nicht mehr schreiben", krakeelt mein Mitbewohner aus dem für Linda Hintergrund und für mich Viel-zu-nahe-an-meinem-Ohr-Grund.

„Warum ruft ihr mich denn jetzt an?", fragt Linda von der anderen Seite, die wir gerade sicherlich beim Bachelor-Gucken gestört haben.

„Du, wollen wir uns mal wieder auf einen Kaffee treffen?", fragt Linda.

Mein Mitbewohner macht eine Warmhaltebewegung. Naja, er zeigt halt auf die Mikrowelle.

„Ja, gerne, aber lass darüber nochmal schnacken", sage ich und höre ein Tuten.

„Warte, da ruft noch jemand an", sagt Linda.

„Sorry, Sie müssen dringend zum Revier kommen, Sie sind des Mordes gegen die Liebe verdächtigt", palavert Tofuschnitte in das Handy meines Mitbewohners.

„Alter, was ist los bei euch?", höre ich Linda durch das Handy meines Mitbewohners brüllen. „Ich gucke gerade Bachelor."

Ich mache eine Ich-hatte-Recht-Bewegung zu meinem Mitbewohner. Naja, ich zeige auf die Mikrowelle.

„Wouh, gegen das System!", brüllt ein Typ, der seine Rolex wohlweislich unter seinem schwarzen Hoodie versteckt hat. Es ist erster Mai und wir, die Hamburger autonomen Juristen ohne Transatlantikverbindungen, kurz HAJOT, oh, ne, lieber doch nicht abkürzen, gehen auf die Barrikaden.

„Für mehr Hartz IV", fordert ein Teil des Mobs lautstark.

„Wie genau funktioniert eigentlich Hartz IV?", fragt Sybille und unterbricht ihre Parolen.

„Jemand hat keine Arbeit und kriegt Geld", antworte ich und tue gelangweilt, um zu kaschieren, dass ich keine Ahnung habe, wie das funktioniert.

„Es ist auf jeden Fall Arbeitslosengeld II", ergänzt Niklas.

„Warum nennen die das dann nicht direkt Hartz II?", fragt Sybille.

„Weil der in Niedersachen liegt!", antwortet Nik überzeugt.

„Und außerdem kennt ja jeder Hartz IV, warum sollte man das dann noch Hartz II nennen", bezeugt auch Rolex-Hoodie noch etwas politischen Sachverstand.

„Schon scheiße, keine Arbeit zu haben", sagt Sybille und checkt kurz im Online-Banking nach, ob Papa die Überweisung für den Monat auch getätigt hat.

„Boah, meine Geschwister kriegen ihr Geld immer früher als ich", nörgelt Sybille und rückt sich die Kapuze noch etwas zurecht.

„Also bist du praktisch VISA IV", sage ich. „Oder Mastercard II, man weiß es nicht."

„Was ist denn jetzt dein Problem?", fragt Sybille, die ob ihres spontanen Geldmangels auf einmal nicht mehr so gute Laune hat.

„Für mehr Überweisungen!", fordere ich schnell, woraufhin die Menge begeisternd johlend einstimmt.

„Wo bleiben eigentlich die Bullen?", fragt Nik und man merkt, dass er die Frage nur gestellt hat, damit alle sehen, dass er *Bullen* sagt, denn besagte Uniformierte stehen friedlich Spalier in Spuckweite.

Ich merke, dass meine Antifazeit zuende geht, als ich als einziger eine Tupperdose mit Sandwiches raushole.

„Boah, kann ich auch was?", fragt Sybille.

„Almosen für die Überweisungsbenachteiligten!", fordert Rolex lautstark.

Die Menge stimmt mit ein.

„ADAC!", brüllt Nik, der sich übrigens auf Antifa-Jungfernfahrt befindet.

„Das heißt anders", korrigiere ich.

„ADAC IV?", fragt Sybille.

„Richtig", seufze ich.

„Mehr Überweisungen für den ADAC!", fordert Rolex.

Die Menge stimmt mit ein.

Die Polizisten schauen etwas verstört, da sie sich andere Parolen vorgestellt hatten.

„'Tschuldigung, haste noch'n Sandwich?", fragt mich ein anderer Demoteilnehmer mit zersprengtem Hakenkreuztattoo im Gesicht.

„Salami?"

„Ne, ich ess kein Fleisch."

„Pute?"

„Oh, Ja, gerne."

„Schickes Tattoo", erwähne ich.

„Danke! Das ist ein Traumfänger."

„Oh, Achso."

„Weniger Rente für sozial Benachteiligte!", schreit Rolex und es schallt ein gleiches Echo durch die Menge.

Die Polizisten beginnen Steine zu schmeißen und skandieren laut, dass das ihr Viertel sei.

Es wird etwas trubelig.

„Ja! Papa? Die Überweisung ist nicht da!", schreit Sybille in ihr Handy. „Wie eigene Füße? Steh' ich doch drauf. Ich brauch' das Geld wegen Gucci."

„Ich habe auch ein Guccitattoo!", sagt Traumfänger und beginnt an seiner Hose zu fummeln.

„Danke", sage ich.

„Für mehr Hedgefonds!", hallt es durch die Menschenmasse.

„ACAB heißt das!", schreien die Polizisten und sind mit der Situation standardgemäß etwas überfordert.

„Sag mal", überlegt Nik. „Wenn alle Polizisten Bastarde sind, dann ist das doch eine Beleidigung für Jon Snow."

„Ja, aber der ist ja bei der Nachtwache!", sagt Rolex.

„Das ist wie Polizei!", bestätigt Gucci-Traumfänger.

„Ja, Papa, schickst du mal die Wasserwagen, die Polizisten machen schon wieder Randale!", fordert Sybille durch ihr Telefon.

„Sacht mal", fragt Traumfänger uns als seine neuen Freunde.
„Wisst ihr eigentlich wie Hartz IV funktioniert?"
„Jemand hat kein Geld und dann gibt's Arbeit!", sagt Sybille neunmalklug.
„Nein, ich glaube, wer Hartz IV kriegt, bekommt Arbeitslosengeld II", korrigiert Nik.
„Deswegen kriegen die aber lieber Hartz IV als II. Ist ja doppelt so viel!", fügt Rolex an.
Die Polizisten haben inzwischen Straßensperren errichtet aus allem, was sie finden konnten. Die Demo zieht sich etwas zurück, um den anrückenden Wasserwerfern Platz zu schaffen.
„Scheiße, ich hab' meine Uhr verloren", sagt Jetzt-nicht-mehr-Rolex.
„Der Typ mit den Tattoos hat sie!", sagt Sybille.
„Nenene, das ist mein Rolex-Tattoo", behauptet Gucci-Traumfänger-Rolex.
Ich bekomme eine Push-Up-Nachricht auf dem Handy von meinem Online-Banking. Ich habe eine Überweisung bekommen. Mit dem Betreff VISA V. Ich schmeiße meine Tupperdose nach den Polizisten. Fuck the system.

Als ich jünger war und in einer Tanzschule gearbeitet habe, sollte ich einmal eine Tanzlehrer-Ausbildung im Schnelldurchlauf machen. Also im Ergebnis eine Woche so tun, als würde man mich ausbilden, nur um mich dann auf Menschen loslassen zu können. Diese Woche einmal chronologsich zusammengefasst.

Tag 1:

Ich habe nicht genug Zeit, um alle Tanzarten in Ruhe zu lernen. Zur Zeitersparnis trage ich deshalb einen Zumba-Pullover, Salsa-Hosen, rechts einen Standard-Tanzschuh, links einen Ballettschlappen. Ballett gehört eigentlich gar nicht zu der Ausbildung dazu, die Dinger sind einfach nur ziemlich fancy. Mein Lehrer tanzt mir gerade einen technisch einwandfreien Wiener Walzer vor, während er über die pädagogischen Aufgaben beim Kindertanz referiert. Das Multitasking fällt leicht, denn die beschränken sich im Wesentlichen darauf zu achten, dass kein Kind stirbt.

„Hip-Hop!", sagt der Lehrer, „Ist sehr vielseitig und man kann verschiedenste Elemente einbringen. Da wir jetzt nicht so viel Zeit haben, kann man das auch kurz halten: Hip-Hop ist im Grunde: Mach was du willst und lass dabei Musik im Hintergrund laufen."

„Cool!", sage ich. „Wann machen wir Ballett?" Ich halte meinen linken Fuß anmutig in die Höhe.

„Wenn Samstag auf eine Happy Hour fällt." Der Tanzlehrer mag Ballett anscheinend so sehr wie Hip-Hop.

Tag 2:

„Ich verstehe nicht, inwiefern das zur Ausbildung gehören kann", nörgele ich, während ich ganz viele Zettel kopiere.

„Du bist Azubi, Azubis kopieren!", stellt der Lehrer fest.

„Aber Kopieren ist für mein Tanzen so wie das Internet für dumme Leute."

„Ein Zeitvertreib?"

„Nein, es verschlechtert meine Haltung."

Ich putze den Boden. Einerseits weil ich nicht witzig bin, andererseits weil Azubis das so machen.

„Wann tanzen wir denn endlich wieder?", frage ich.

„Wir haben gestern getanzt", macht der Ausbilder klar.

„Aber wir haben nur fünf Tage!", meckere ich.

„Ja, in Ausbildungen macht man auch nie mehr als 1/5 der Zeit das, wofür man ausgebildet wird."

Ich merke, dass ich noch sehr viel zu lernen habe.

„Das kapiere ich jetzt aber wirklich nicht", rege ich mich weiter auf, während ich das Auto des Tanzlehrers putze.

„Du sollst auch nicht verstehen sondern machen. Denken ist Sache des Führungspersonal."

Wir tanzen einen langsamen Walzer. Das selbsternannte Führungspersonal hat die Führung abgegeben, da ich das ja lernen solle. Praktischerweise kann ich bereits tanzen, sodass das, was wir gerade machen, absolut sinnfrei wird.

„Wäre es nicht besser, wenn wir Sachen machen, die ich noch nicht kann?", beginne ich einen erneuten Anregungsversuch.

„Nein!", barrikadiert der Ausbilder. „Nur weil der Azubi schon alles kann, wozu er ausgebildet wird, heißt das noch lange nicht, dass man es ihm nicht beibringt. Sonst merkt man doch viel zu schnell, dass, was man in Ausbildungen macht, meist komplett sinnlos für die Ausübung des Jobs ist."

Tag 3:

Wir tanzen nicht. Ich lerne Büro. Was ich schon lange gelernt habe. Büro besteht hauptsächlich daraus, Zahlen in eine Excel-Tabelle einzutippen und zu warten, was rauskommt.

„Können wir nicht wieder tanzen?", maule ich.

„Wieso, du kannst doch tanzen!", sagt mein Ausbilder. „Sonst würdest du die Ausbildung doch nicht machen."

Ich habe mir eine halbe Stunde Tango erkämpft, nachdem ich die Häuserfassade der Mutter meines Lehrers gesäubert habe, weil Azubis das zu machen.

„Arriba!", ruft mein Lehrer. Damit ist die Tangostunde auch wieder beendet.

Tag 4:

„Morgen ist die Prüfung!", stellt mein Lehrer fest.

„Du hattest eine harte Ausbildung hinter dir, und viel dabei gelernt!"

Ich habe überhaupt nichts gelernt.

Wir sitzen an der Bar und trinken Bier, obwohl es erst 9 Uhr morgens ist. Weil Azubis das so machen.

„Ja, das ist Zumba!", erkläre ich meinem Ausbilder, der mich in Zumba ausbilden soll, es aber nie gemacht hat. Praktischerweise kann ich das bereits, weshalb ich mich jetzt selber ausbilde. Mein Tanzlehrer hebt die Hand:

„Und wie macht man das mit dem Aufwärmen?", fragt er fasziniert.

„Habe ich dich drangenommen?", frage ich zurück.

„'Tschuldigung."

„Dehnen."

„Ach, was? Mensch!", tönt er beeindruckt.

„Und das hier", sage ich zu den versammelten Tanzlehrern und Tanzlehrerinnen, während sie mich alles ausbilden. „Ist ein neuer Ordner. Und den könnt ihr so umbenennen, dass man all die schönen Excel-Tabellen sogar richtig ordnen kann."

Eine Lehrerin hebt die Hand.

„Und die Excel-Tabellen funktioniert dann trotzdem noch?", bildet sie mich aus. Ich nicke.

Tag 5:

Die Ausbilder und Ausbilderinnen stehen im Kreis und prüfen mich, indem sie sich von mir ein paar Ballettgrundschritte zeigen lassen. Ich bin glücklich, dass die Schuhe doch noch eine Daseinsberechtigung haben. Dass ich eigentlich richtig tanzen sollte, scheint hier nicht von weiterer Relevanz zu sein, auch weil wir um 8 Uhr mit mehreren Flaschen Prosecco vor der Prüfung auf meine erfolgreiche Prüfung angestoßen haben. „So, jetzt müssen wir aber noch was Prüfungsrelevantes machen", sagt mein Ausbilder, nachdem er nach wenigen Sekunden besser Spitze tanzen kann als ich.

Wenige Minuten später stehe ich vor der Tanzschule und schrubbe die Eingangstür. Die versammelte Prüferschar macht sich goutierend Notizen auf ihre Klemmbretter.

„Ich hätte nie gedacht, dass du das bis zum Ende durchziehst", weint mein Ausbilder, während er mir eine absolut nicht staatlich anerkannte Prüfungsurkunde überreicht. „Jetzt beginnt das wahre Leben!"

Tag 6:

„Sagen Sie, Herr Stille, ich will ja nicht meckern, aber ich glaube, die Salsafigur ist so nicht ganz richtig", korrigiert mich eine Dame aus dem Anfängerkurs.

„Hallo. Ich bin Basti und ich habe ein Problem!"

„Hallo, Basti."

„Ich werde nicht berühmt."

„Das Problem kennen wir."

Es hat ganze zwei Jahre gedauert, bis mir jemand sagte, dass es ein wöchentliches Treffen aller gibt, die darunter leiden, dass sie der Fame übergeht. Die Runde, in der ich jetzt auf meinem Holzstuhl hin und her wackele, besteht zu 80% aus Poetry Slammern. Die ich alle kenne. Sind ja schließlich nicht so viele.

„Ich finde es ein bisschen fragwürdig, dass wir uns anonym nennen, wenn wir uns alle kennen!", moniert Sven.

„Es geht ja darum, dass uns außer hier keiner kennt, man!"

„Ich weiß halt auch nicht, wer der da ist", sagt Hinnerk und deutet auf einen Typen im Ganzkörperhühneranzug, der eine Plastiktröte im Schnabel trägt.

„Ich bin auch nicht berühmt", quakt der Vogel.

„Geht es in solchen Runden nicht auch um Alkoholprobleme?", frage ich.

„Aber Hallo!", posaunt Danny und reicht mir ein Bier.

„Hallo, ich bin Felicitas und ich habe ein Problem!"

„Wer bist du?"

„Sag ich doch."

Ich kapiere nicht ganz, was wir machen. Seit zwei Stunden sitzen wir im Stuhlkreis und geben uns Feedback darüber, dass wir eigentlich berühmt sein sollten, es aber nicht sind. Dabei sind wir sehr betrunken. Das Vereinsheim irgendeiner dauerhaft absteigenden Kreisklassenmannschaft liegt auch derart abgelegen, dass schon das Surrounding von tiefster Lebenstrauer zeugt.

„Wisst ihr noch?", sagt Martina, die wohl die einzige ist, die mal so etwas wie Berühmtheit hatte. „Als man früher durch die Straßen laufen konnte und Angst haben musste, dass vielleicht jemand mit dir ein Foto machen wollte?"

Einige schauen erstaunt, dass es zu Martinas Zeit schon Fotoapparate gab. Was hatte Martina eigentlich mal gemacht?

„Vielleicht sollten wir uns alle darauf besinnen, wie wir angefangen haben. Martina, erzähl du doch mal zuerst", versucht Janni, die uns auf den Nägeln brennende Information aus Martina herauszulocken.

„Also ich", plappert das Ganzkörperhuhn drauf los, „war zuerst ein Pferd!"

„Ein Pferdekostüm nehm' ich an?", fragt Sven, jetzt nicht mehr so um Anonymität bemüht.

„Nein, ein echtes Pferd."

„Das halte ich ja für Quatsch."

„Ich gehe in meinen Rollen auf!", philosophiert das Huhn und erwartet ernsthaft, in seiner Kleidung ernstgenommen zu werden.

„Was ist eigentlich mit alkohlisch anonym sein jetzt?", fordert Danny und winkt mit einer Flasche Whiskey. Die hat er nicht auf einem Poetry-Slam gewonnen, sondern gekauft. Danny ist ganz unten auf der Leiter des Fames angekommen.

Das Huhn greift zur Flasche.

„Also ich mach' Poetry Slam", sagt Felicitias, obwohl sie noch nie einer von uns gesehen hat.

„Und ihr so?", fragt sie und schaut mich dabei an. Ich bin Hamburger Stadtmeister, du synaptische Tiefgarage.

„Och, auch sowas."

„Cool! Machst du das öfter?"

Ich beiß dir gleich in dein Gesicht, Diggi.

„Schon, gelegentlich."

Danny und das Huhn haben den Whiskey geleert. Martina hat immer noch nicht erzählt, was sie macht.

„Was ist denn mit dir, Martina?", versucht es Janni erneut. Anscheinend leitet er die heutige Sitzung. Martina setzt gerade an, da lässt das Huhn einen Sekt ploppen.

„Tschuldi!", macht es.

„Wie kommst du so auf deine Texte?", fragt mich Felicitas und ich wünsche mir eine Kettensäge herbei.

„Fffmmmm njoa", eloquentiere ich daher.

„So!", prostet Hinnerk den Sekt gen Himmel und haut die Flasche in einem Zug weg.

Das war ein Fehler. Hinnerk vollführt einen Vulkanausbruch von Sekt und es spritzt durch die Gegend. Das Huhn beginnt sich zu suhlen, um den Sekt über die Haut aufzutranspirieren.

„Das ist ja wie damals bei Tutti-Frutti!", freut sich Martina.

„Hallo, ich bin Basti und i' hab' ein Problem!"

154

„Hallllluuuu, Basti!"

„Bin glaub' ich ziem'mich voll!"

„Halluu, Basti!"

„Weißt du?", das Huhn hat den Arm väterlich um Danny gelegt. „Manchmal geht's im Leben halt nur darum glücklich zu sein." Er hickst.

Hinnerks orale Sekteruption hört gar nicht mehr auf und Martina vermisst lautstark Hugo-Egon Balder. Felicitas gibt mir ein paar Tipps, wie man auf der Bühne nicht so nervös wird. Dann geht die Tür auf. Eine Dame vom Vereinsheim des SC Turbo Radenberg-Kaltenkirchen schaut besorgt hinein.

„Alles in Orndung hier?"

Wir johlen.

„Sagen Sie mal, wer sind Sie überhaupt?"

Wir weinen.

Meine Nachbarn stehen mit gepackten Koffern vor ihrer eigenen Haustür und wirken ein wenig wie verjagte Landstreicher. Das Szenario an sich ist allerdings relativ witzig: Die beiden waren im Ausland und hatten ihre Wohnung auf AirBnB angeboten für einen bestimmten Zeitraum. Im Anschluss hatten sie die Wohnung für die nächsten zwei Monate geblockt. Wussten allerdings nicht, dass das nicht dauerhaft gilt, sondern dass nach den abgelaufenen zwei Monate die begeisterten Touris fleißig ihre Wohnung buchen konnten. End of Story: Die zwei müssen nun für zwei Wochen aus ihrer eigenen Wohnung raus, weil wildfremde Leute da rein wollen und, falls sie absagten, eine schlechte Bewertung die unangenehme Folge wäre.

„Und das geht ja nicht!", erklärt mir Stefan aufgebracht. „Wenn wir nochmal wegwollen, irgendwann, nächstes Jahr, dann will keiner in unsere Wohnung!" Ich übergehe einfach das naheliegende Argument, ihm mitzuteilen, dass Leute die nach Hamburg kommen, meist selten den Verfügungsspielraum für so etwas wie *Auswahl* haben.

Stefan übergibt mir mit leicht feuchten Augen den Schlüssel, auf dass ich diesen den freudigen Unbekannten überreiche, die nun die Wohnung meiner von dannen ziehenden Nachbarn bevölkern sollten.

Ich gebe meinen Nachbarn eine 4-von-5-Sterne-Wertung, während ich mich in ihrer von mir angemieteten Wohnung etwas ausbreite. Anschließend gehe ich rüber in meine eigene Wohnung, um den neuen Besuchern meine Schlüssel zu übergeben und so zu tun, als sei ich ihr Nachbar. Ich möchte nämlich nicht, dass sie mir eine schlechte Bewertung geben – aus dem Grunde, dass ich vergessen hatte meine Wohnung dauerhaft zu blocken und sie nun für zwei Wochen mietbar für alle möglichen Touris ist. Zum Glück hat Stefan das auch verkackt.

„Hallo, ich bin der Stefan", sage ich und reiche dem jungen Pärchen die Schlüssel. „Ich wünsche euch einen schönen Aufenthalt, falls ihr was brauchen solltet, ich wohne direkt nebenan." Dann mache ich ein komplett überflüssiges Peace-Zeichen.

Ich sitze auf dem Sofa meiner Nachbarn, auf dem ich jetzt für zwei Wochen wohne und schaue in mein AirBnB-Profil. Die neuen Anmieter haben mir bereits eine Bewertung gegeben mit dem Vermerk, dass der Nachbar, der sie Willkommen geheißen habe, besonders nett gewesen sei. Punkt für mich!

Ich buche vorweislich das Appartement meiner Nachbarn noch eine weitere Woche, weil ich mich an den Gedanken gewöhne, neue Menschen zu begrüßen und das direkt von nebenan.

„Und das ist das Schlafzimmer", führe ich die neuen AirBnB-Gäste, die eigentlich meine Wohnung gebucht haben, durch die Wohnung meiner Nachbarn, nachdem diese verärgert festgestellt haben, dass ihre Wohnung noch eine weitere Woche geblockt wurde. Ich nicke freundlich und gebe mich als Stefan aus, während ich die Gäste weiter durch die Wohnung ebenselbens führe, die allerdings vermeintlich einem gewissen Sebastian gehört.

„Und ihr macht in Hamburg schön Urlaub?", frage ich die Menschen.

„Ne, wir haben unsere Wohnung zu lange bei AirBnB reingestellt und brauchen jetzt eine Bleibe."

„Ouh!", mache ich.

„Willst du uns eigentlich komplett verarschen?"

Meine Nachbarn stehen etwas erbost vor ihrer eigenen Haustür und ich habe keine Ahnung, was sie hier eigentlich wollen, denn schließlich erwarte ich neue Gäste für deren Wohnung. Stefan fuchtelt mit dem Handy vor meiner Nase. Ich kann sehen, dass er offenbar meine Wohnung bei AirBnB gebucht hat und nun gerne in seiner eigenen vermeintlich meiner Wohnung hineingelassen werden will.

Ich führe die beiden rum und zeige ihnen ihr eigenes Schlafzimmer. Sie befinden es als geschmackvoll eingerichtet.

Stefan ist dennoch etwas erzürnt, ob der Menge an AirBnB-Vagabunden, die ich dauerhaft in ihrer Küche einquartiert habe, da sie allesamt ihre eigenen Wohnungen verloren haben. Stefan nimmt sich sein Handy und gibt mit leicht enttäuschter Miene seiner eigenen Wohnung eine 2-von-5-Sterne-Wertung. Anschließend ärgert er sich über das Arschloch, das ihm seine erste 2-Sterne-Wertung gegeben hat. Ich gehe in meine Wohnung und mache es mir im Zimmer meines Mitbewohners bequem, denn mein eigenes habe ich gerade über AirBnB an meinen Mitbewohner vermietet.

Wien. Eine angeblich wunderschöne Stadt.

Du fährst mit der Überzeugung dahin: „Wie kann ein Land so idyllisch wie Österreich bitte zu mehr als 50% Rechtspopulisten wählen?!" Eine Woche später fährst du heraus und denkst dir: „Ja, doch. Kommt hin." Bei Ankunft auf dem Hamburger Flughafen nach einer Woche zwischen Palatschinken und witzigen R-Lauten, musste man nicht unbedingt sagen, dass ich verstimmt war. Jedoch würde es bessere Zeitpunkte geben, mir eine Kettensäge ohne Aufsicht zu überlassen. Bereits beim Einsteigen in das Flugzeug war ich ob der nahezu über mich hereinbrechenden Freundlichkeit der aus dem Cockpit diffundierenden Stewardessen überfordert. Eine Woche Wien hatte meine komplette Wahrnehmung der menschlichen Etikette über den mit Gemsenkacke gespickten Haufen geworfen.

Chronologisch begann alles damit, dass es gar nicht richtig beginnen musste. Mein Koffer wurde vom Gepäckband getreten, der Security-Mann überfuhr mich mit seinem Waffenersatz aka Golf-Kart und man opferte mich auf einer hässlichen Kleinstraße in einem altösterreichischen Höhlenritus. Und dies waren die ersten zehn Minuten. Nachdem man eine gewisse Menge an Wienern kennengelernt hat, weiß man die Berliner auf einmal für ihre Herzlichkeit zu schätzen.

Menschen in Deutschland sind unglaublich unterschiedlich und die allerwenigsten wirkliche Klischees.

„Kannsch' mal bissle weniger tippe'?", sagt mir ein älterer Herr im Zugabteil, während ich durch's Schwabenland tingele. „Desch verbraucht mein' Hörg'rät!"

Aber sonst sind die meisten Klischees absolut überholt und man lernt schnell, dass...

„Servus, hoam's hier noch Plotz?", lehnt sich ein schnauzbärtiger Herr mit Lederhosen und einem *Viva la Autobahnmaut*-Shirt in mein Abteil.

„Aber nu' wenn'sch auf die Bezüge aufbasse!", sagt der Schwabe.

„Und sie san's wohl Hamburger, gell?", sagte der Bayer, als ich mich durch meine Schweigsamkeit anscheinend geographisch geoutet habe. Er verzichtet auf das Abwarten einer Antwort und lehnt sich aus dem Abteil: „Getrud', I hoab's a Platz gefunden."

„Des schea!"

„Gell?"

„Spätzle!", ruft der Schwabe.

Sämtliche andere Klischees sind allerdings überholt und haben sich komplett in der deutsch-internen Globalisierung verloren.

„Schön' guden Tach!", johlt ein Partytrupp dreier junger Herren ins Abteil. „Feiert ihr hier Karneval? Kölle alaf!"

Dann gehen sie betrunken weiter und erschießen einen Düsseldorfer.

„Icke mag Menschen nich'!", sagt ein Berliner der auf einmal da ist.

„Jaa, Inkasso, Rahmenfinanzierungsvertrag!" Ein aufgeregter Frankfurter rennt durch die Gänge auf und ab und schlägt gelegentlich mit seiner Aktentasche aus. Dabei achtet er vehement darauf, dass möglichst viele Gesprächsfetzen an die Öffentlichkeit gelangen.

Trotzdem sind Länderklischees überholt, davon bin ich fest überzeugt.

„Links", sächselt einer um die Ecke.

„Nein, rechts!", sächselt es zurück.

„SPD bis zum Tod!", hamburgere ich dazwischen.

„Polen!", ruft ein Cottbusser.

„Wir wollen auch relevant genug für ein Klischee sein", weint ein Brandenburger enttäuscht.

„Nein, sonst kriegt ihr nur Inzest!", sagt ein Saarländer warnend.

„Wir sind hässlich!", skandieren ein paar Bremer.

„Könnt ihr mich bitte alle mal kurz in Ruhe lassen?", frage ich und steige aus dem Zug.

Gedichte

Die Erfindung des Feuers

Stein auf Stein, Eichenstock auf Birkenpflock,
in Leichtigkeit erscheint ein Funke und birgt nach dem erstem
Schock,
Wärme und Geborgenheit,
gewährt im Wald am Morgen kalt,
die Knospen weit,
in Hortsvielfalt,
mit Sorgsamkeit,
ein kältefrei,
auf dass die Kälte warm und heller sei.

Grell erstrahlt, sichtbar über den Diestelspitzen,
bis weit hinter den Kieferwipfeln,
auf denen die Raben vor Neugier niedersitzen,
und ihre Lider spitzen,
denn immer wieder blitzen,
zwischen den Schieferritzen,
die Flammen empor und unten sitzen die Manns die wissen,
hier gart und schmort nur das erste von vielen Bambikitzen.

Die Funken ziehen tastend über die Haut herab,
der Geruch brennt in der Nase wie Kautabak,
auf der Zunge hallt in Fasern der Rauchgeschmack,

in den Ohren melden sich die flackernden Nadeln mit lautem
Knacks,
während das Auge glatt,
im Erstaunen der Pracht,
in der lauen Nacht,
das Grau verpasst,
und die Hand nur eine Raute macht.

Jahrzehnte vergehen und man versteht das System, brandauf
brandab, von Land zu Land, lernt Hand zu Hand im kräusen
Takt wie man Feuer facht.

Unter verschiedenen Flaggen vereint,
werden die Flammen gereicht,
von den Fesseln der Fassung befreit,
und brenn' Nesseln in die Fragen der Zeit.

Im Schattengeleit
berst das Feuer Mauern entzwei,
kerzengerade kauern, die einst,
hinter den Wällen versauert, verwaist,
scheuten den Schauer der Narrenfreiheit.

Im Kreuzzug durch die Hinterlande,
bringt das Feuer Licht zu denen, die es zuerst sehen,
und streut Wut in Hintergedanken,
jener, die es nicht zu teilen verstehen.

Wer am Feuer zu nah steht,

kann sich eben leicht verbrennen,
doch wer zumindest nah genug rangeht,
spürt die Hitze von den Zehen bis zu den Händen.

Warum den besten Platz am Lagerfeuer teilen, wenn du es
mühsam entzündet hast, doch ist dir das wirklich so schwer
gefallen, ich meine, sind wir ehrlich, du und dieser Kieselstein
– das sah nicht professionell aus!

Du musstest lediglich gelegentlich einen Holzscheit in die
Weißglut werfen,
in Vollzeit an Versuchswerten,
noch feilen wie es mehr als gut werden – und dann fangen
Menschen an, mit Brennspiritus zu grillen.

Doch das Feuer spendet nicht nur Wärme,
sondern schluckt auch den Wald,
und im Durchzug der Zeit,
halten die Flammen Ausschau,
nach jedem Laubbaum,
der nicht bei drei auf den Bäumen ist.

Zumeist sind die Flammen nur vorbeigezogen,
haben sich reich gesogen,
an den kalten Rohen,
dem Weißen lohnenden Stoffen der Natur.

Heiß wie Schnee und schwarz wie Ebenholz,
hinterlässt das Feuer am Ende nicht nur Lebensgold,

sondern bringt Asche, die wehend in Wolken,
flache Ebenen vergeudet,
angeblich jedoch „den Garten Eden von neuem bringt."

Sie sagen: „Wo Asche ist und Lava versammelt brannte, gedeiht vieles!"
doch hinterlässt sie auf Jahre vernarbte Lande,
wo gestern mehr war.
Außer vielleicht in Bremen, da fiele das keinem auf.

Und die Flamme trägt sich weiter durch die Welt und Institutionen,
ein Ring sie zu knechten und für die Wissenden lohnend,
denn wenn jeder seines Glückes Schmied sein kann,
warum die Bildungslücke schließen dann,
wie man mit Hitze all die Stücke schmieden kann,
die ich habe.

Damit irgendwer noch denselben Ring am Finger trägt, den ich meiner Freundin zum Sechsmonatigen gekauft habe? Ich glaube Nein.

Flamme unser gen Himmel, gewaltig werde deine Lava, ein Reich verkomme, mein Wille geschehe, wie in Filmen so auf Erden.
Unser tägliches Brot back uns heute,
und mir gerne noch ein bisschen mehr,
und vergib uns unsere Schuld,
wie auch wir vergeben den davon Betroffenen,

Und entzünde uns nicht in Versuchung,
sondern erlöse uns mit Erlösen aus unseren Start-Up-
Investitionen, denn diese Streichhölzer, die man auf die Seite
eines Bierbechers kleben kann, das ist es!
Denn mein ist das Reich und die Macht und die Unsterblich-
keit des Feuers – Fl(Amen).

Und heute brennt meine Zigarette zwischen den linken Fin-
gerspitzen,
auf Facebook find ich spitzfindige Tinderwitzchen,
die Jeans gewebt in indischen Kellerritzen,
auf der Sitzheizung schnell zum Firmensitz flitzen,
mit nasenberingten Kinkerlitzchen,
und weil mir nicht warm genug ist, geh ich afterworks in der
Sauna noch den Rest ausschwitzen.

Inlandsflüge mit stets absturznahen Propellerfliegern,
sind für mich „that's so south east asia"
und im Moment, wo ich dem Absturz nah im Promillefieber,
irgendwo am Strand in Indien liege,
frage ich mich: *Hast du den Herd zuhause auch wirklich ausgemacht?*

Aber ich lasse die Seele in Freude baumeln,
und verlebe den Tag im Feuertaumel,
das entstand aus dem Willen des einen, es wärmer zu haben als
die anderen,
die Wärme zu teilen ist ihm all die Jahre schwergefallen.

Geboren um Kälte zu nehmen,

aber nicht zwischen den Ohren erkenntnisbelebend.

Die Helligkeit vom Feuersog versprach einst Sicherheit, doch strahlt nachts am Horizont im Leuchten des Monds ein Lichterschein,

brennt im Feuer noch irgendwo ein Flüchtlingsheim.

Hätte Feuer die Fähigkeit überall Wärme zu entfachen, weiß ich nicht, aber vielleicht habt ihr zuhause den Herd angelassen? Schaut mal nach.

Bourgeoisie

Thronet nieder in den Kuratien eurer Sitze und höret Laute,
denn wenn die Bourgeoisie redet, hat der Pöbel Pause.

Schaut herauf, lauscht meinen Ideen,
jeder Vorschlag der Hammer,
Zudem bin ich eine optische Epiphanie,
sagt Mama.

Freunde sagen mir etwas Bescheidenheit – Mhmm – ist aus
rein sozialen Gründen bewährt doch nicht schlecht.
Aber was kann ich dafür ich bin das Antlitz Channing Tatums
und die Weisheit Berhold Brechts.

Seid froh, dass das Singen hier vom Reglement verbaut mir ist,
denn ich bin unisono der Elbphilharmonie' Erbauungszweck.

Bescheidenheit ist eine Tugend, mit der sich zu schmücken
nur vermuss, der keine Wahl hat,
oder ein Gesicht, bei dem man beim Blick in den Spiegel
schon Laibesqualen hat.

Ihr wisst, was ich meine.

Und wenn wieder in der ersten Reihe jemand brüllt.
„Alter geh mal Bankdrücken, du trauriger Lauch"
Dann sag ich, jawohl, ich drücke Aktien in der Bank und ir-
gendwann hab ich dein Leben aufgekauft.

Außerdem, hab ich mehr Kraft als es meine aus den Schultern ragenden Stängel vermuten lassen,
ich kann ein Tablett voller Kaffee tragen und das sogar mit Untertassen.

Ihr müsst für euer Leben Würfel roll'n, doch ich bin unbesiegbar im Gesamtpaket.
Ich bin der wundervollste Schicksalsschlag, ich bin der Wind, der Regen über Lande weht.

Meine Uhr schlug Champagner als es bei euch noch nicht mal Zeit für Bier war,
Intelligenzbestien wie ich trinken niemals in der Therapierbar.

„Ok. Haben Sie schon mal überlegt, sich umzubringen? Also als Psychiater sollte ich Ihnen ja eigentlich davon abraten, aber ich muss ja auch ans Gemeinwohl denken und der hypokratische Eid ist auch manchmal eher so... puh. Richtlinien."

Das ist unverschämt mein Charme ist weitreichend bekannt und meine Rhetorik sind feinste Sentenzen,
Mein Narzissmus ist wie Deutschland 33 und kennt keine Grenzen.

„Ja gut, ich fürchte, Sie lehnen sich da etwas weit aus dem Fenster, was ich in Bezug auf meinen Vorschlag zum Suizid auch irgendwie gut finde, ich meine so aus dem vierten Stock... da haben wir alle was von und mit Wir meine ich alle außer Ihnen."

Dinge wie „Physik" verbieten mir nie das Fliegen vom Balkon
Und Ihre Kritik wird in der Beschwerdestelle um kurz nach
Mimimi angenommen.

*„Wirklich? Ok. Wow. Ich empfehle Ihnen einen Seitensprung und
damit mein ich nicht den in der Beziehung sondern den vom
Bürgersteig auf die Straße. Ich meine, finden sie sich gut beraten...
damit?"*

Natürlich bin ich gut beraten wenn der einzige Berater ich
selber bin,
Erdogan ist auch nicht an der Macht, weil er merkt dass er wie
ein epileptisches Lama klingt.

Manches, was man ist, ist nunmal fast zu schön um wahr zu
sein.
„Ja, mein Freund, aber Sie sind zu wahr um schön zu sein."

Gesundes Selbstbewusstsein ist die einzige Erfolgsgarantie.
„Jaa, aber das, was Sie haben, ist Schizophrenie."
Nein
„Doch"
Was?

*Schauen Sie, doch mal nicht nur aus dem Fenster, sondern auch
über den Tellerand hinaus,
Leute wie Ihresgleichen sind uns wie Martin Schulz beim Wähler-
fang vertraut,*

Sie sehen das große Ganze in sich und sehen dann plötzlich schwarz.

Sie sind so uninteressant, Ihre Biographie wäre eine Packungsbeilage.

Leuten, wie Ihnen sage ich immer dasselbe. Nachdem ich gesagt habe, Sie sollten sich umbringen, aber da das nie jemand tut, sage ich Leuten wie Ihnen dasselbe:

Schreiben Sie Geschichte, die man auch im Gegensatz zu der Ihres Opas noch seinem Urenkel berichten kann,

was bringt es dem Schuster, bei seinen Leisten zu bleiben, wenn er nichtmal etwas bekommt, womit er sich die Schnürsenkel binden kann?

Glauben Sie mal daran, dass Veränderung sich nicht aus magischen Bohnen rankt,

denn der Dreck des Vergangenen auf der Straße klebt auch an neubemalten Sohlen dran,

Setzen Sie sich nieder im Schlamm Ihrer Poesie,

denn wenn der Pöbel regiert, dann schläft die Bourgeosie.

Hamburg

Unendliche Straßen in stetigem Treiben,
ufern an Gemäuern aus wenigen Jahrzehnten,
gespickt von zwei Fahnen, die die Stadt teilen,
und trotzdem an denselben Häusern unablässig wehen.

Denn in Zeiten des Winters kleben auch Totenkopf und Rauten,
zusammen wie Alster und Elbe in der Flut,
denn im Grunde ist die Stadt ohne Proteste und Rabauken,
friedlich und es herrscht ganzjährlich Ebbe in der Glut.

Glück ist die Sonne im Spiegel der Elbphilharmonie aufgehen
zu sehen,
weil das Fenster des 10 Quadratmeter Zimmers nur nach Westen zeigt,
und auf dem Weg zur Arbeit über eine der Eselsbrücken zu
gehen,
die den Verstand erinnern, warum das Leben hier das Beste
bleibt.

Gemeinschaft ist dem Lokalmatadoren beim Marathon
zuzujubeln wie er mutig vor den vielen voransprintet,
Und sich dann nach einigen Spontanblessuren im Anschluss
von
einigen Kenianern abgehängt schlussan findet.

Geteilte Freude ist, wenn ihn trotzdem hunderte hochleben lassen, wenn er die Ziellinie erst im letzten Licht des Tages überquert,
oder wenn das Nachbarskind unten über die Spielwiese das erste Mal alleine mit dem Fahrrad drüberfährt.

Schlechtes Gewissen ist, zu spät aus der Mittagspause vom Findlings-Brocken zurückzukehren,
weil man vor den elbscheinwärts treibenden Kuttern den Rest vergisst;
Angst ist, vorm Burger King aufm Kiez nicht angesprochen zu werden,
weil man selbst für die allzeitbereiten Nutten zu hässlich ist.

Misstrauen ist, sich für 100 Euro Birkenstocks zu holen,
und beim Obstmann fürchten, er würde dich um ein paar Cent der Zeche prellen.
Vertrauen ist,
Altbau im dritten Stock zu wohnen,
und trotzdem ein Paket über DHL zu bestellen.

Arroganz ist, in hundert Worte zu fassen,
welche Orte man zu hassen hat.
Schadenfreude, wenn ein Auto mit dem Kennzeichen PI auf der Stresemann das Pedal verpasst,
und volle Kanone in die Radarfalle rast.

Trauer ist, mit einem Dinosaurier auf sein Ende zu warten,
oder die Freude endlich ein Rückspiel von 2011 zu starten.

Genuss ist, den veganen Burger mit höflichen Blicken fromm zu quittieren,
und danach heimlich den Döner an der Ecke zu konsumieren,

Ärger ist, wenn den HVV der Winter wieder unerwartet trifft,
oder in der Schanze wieder jemand gegen deine Haustür pi***.

Oder pittoreske Parolen sprayt,
gekauft von frischem Drogengeld,
bis die Haustür aus der Wohnung fällt,
man sich vom Sofa nach draußen im schwarzen Pullover quält,
und du weißt, hachja. Erster Mai.

Kraft ist, alljährlich die absolute Mehrheit der SPD zu ertragen,
auch beim 100. Vermieter nach einem Platz zum Leben anzufragen,
500 € für eine 7er WG aber mit Garten,
nur kann man den nicht begehen an allen Tagen,

denn dort sind Bauarbeiten,
zu Dauerzeiten,
zum Raumausbreiten,
musst ausziehen leider.
Your place to be zwischen hellhörigen Daunenwandseiten,
musst von AirBnB bis Schauinslandreisen,
und dann wohnt ihr auf einmal in Dulsberg.

Orientierung ist, alles zwischen Gänsemarkt und Jungfernstieg,
Reeperbahn zum selben Lied,
Deern im Arm und Rum im Glied,
Im Takt von Dendemann und Tonfabrik,

Beginner oder Fettes Brot im Beat,
oder ist Rap bei dir eher unbeliebt
hörst du wo Hans Albers gern zum Bummel blieb,
und sich mit dem Gegenteil von Heidi Klum umtrieb.

Friede ist,
das Schnattern der Schwäne an der weiten Außenalster,
das Rattern der Metro zum U3-Baumwallzer,
das Klappern der Kräne im Hausbaueifer,
das schlaffe Bewegen der Schlauchboottreiber,

die Nachbarn beim Mähen der Reihenhausweide,
das Tackern des Regens auf tauende Weiher,
das schnapphafte Wähnen vom Hausverwalter,
die Genossenschaft übernähme die Einbauheizer,

klackernde Container im Bauch ihres metallgebauten Reiseleiters,
ein Mann mit bärtiger Mähne als weitgereister grauer Stahlross-Reiter,
und das lachhafte Krähen ihrer gefiederten weißen Flusslauf Begleiter.

Liebe ist,

der kleine Strand im Bann der stur tobenden Gezeiten,
der seichte Sand der sanft den Fußsohlen entgleitet,
währenddessen zieht sich das Wasser durch die Flutwogen in
die Breite,
und bringt nasse Füße, sucht man nicht schnurstracks erhoben
das Weite.

Die miniaturste Welt der Erde zieht in gelenkten Bahnen
Utopisches ins Kleine,
ein Riesenrad inmitten echter alter Tage,
dreht ursprungs gewohnte Kreise.

Ein Mann mit Riesenholzkreuz,
bekehrt platonische Entzweite,
und erklärt im Ton von Tolstoi,
die Welt sei eine Scheibe.

Ein Kormoran verlässt im Herbst,
den Norden zur wortlosen Reise,
der Regen fällt, der Himmel geschwärzt,
in allerorts gewohnter Weise.

Philharmonisch nickt man sich nur zu, denn hier sind die
Worte schon eher leise,
doch genau dies' Orchester trifft den Ton, warum ich wohl in
Ewigkeit hier bleibe.